Veronika Pinter-Theiss/Christian Theiss

BEWEGT DURCHS LEBEN

Das Buch entspricht der neuen Rechtschreibung.

1. Auflage

Bewegt durchs Leben
Herausgeber: Veronika Pinter-Theiss, Christian Theiss
Umschlag: Monika Legenstein
Fotos: Lilo Brandstetter, Gitti Greiml-Wasner, Wiltraud Hofmeister, Veronika Pinter-Theiss, Thomas Schätz, Gerhard Schlögl, Vera Stehno, Ria Steinbichler, Doris Voss-Gruber, Burgi Zeitlinger
Lektorat: Dr. Irene Kunze

ISBN 3-209-02395-6

Veronika Pinter-Theiss/Christian Theiss (Hg.)

BEWEGT DURCHS LEBEN

hpt

Inhalt

Vorwort

Aus der Beobachtung heraus, dass in den Grundschul- und Sonderschulklassen zunehmend Kinder mit Defiziten in ihrer Wahrnehmungs- und Bewegungsentwicklung zu unterrichten sind, entstand bei den Pädagogen das Bedürfnis, eine Arbeitsmethode kennenzulernen, die diese Kinder in spezifischer Weise fördern sollte. So organisierten vor nunmehr fünf Jahren StützlehrerInnen unter der Leitung von Vera Stehno in Wien in Zusammenarbeit mit der deutschen Akademie für Motopädagogik und Mototherapie eine erste Lehrgangsreihe zur „Zusatzqualifikation Motopädagogik“. Die Teilnehmerinnen und Teilnehmer erarbeiteten sich nicht nur den theoretischen Ansatz dieser ganzheitlichen und erlebnisorientierten Wahrnehmungs- und Bewegungserziehung, sie erlebten die praktische Anwendung in vielen spielerischen Situationen intensiv am eigenen Leib. Die Umsetzung im Unterricht ließ schnell deutlich werden, dass ein neuer und richtiger Zugang zu den beschriebenen Kindern gefunden worden war.

Mit dem Ziel Erfahrungen austauschen zu können, die bewährten Erfahrungen an Kolleginnen und Kollegen weitergeben zu können, gründeten die Pioniere der Psychomotorik in Österreich 1993 den Aktionskreis Motopädagogik als interdisziplinäre Arbeitsgemeinschaft engagierter Pädagogen und Therapeuten. Um dem Bedürfnis einer spezifischen Förderung von Kindern mit psychomotorischen und sozialen Entwicklungsdefiziten gerecht zu werden, wurden in Wien bereits ab 1994 Fördergruppen eingerichtet, deren Leitung die Kursabsolventen in ihrer Freizeit zusätzlich übernahmen. In der Zwischenzeit werden alleine in der Bundeshauptstadt 120 betroffene Kinder und Jugendliche versorgt. Mit der Perspektive, eine eigenständige Entwicklung der Motopädagogik in Österreich zu unterstützen, bildete der Aktionskreis Motopädagogik ein eigenes Lehrteam aus, dessen Aufgabe es ist, in behutsamer Weise ein flächendeckendes Fortbildungsangebot zu organisieren.

Da nicht nur die Lehrer die Defizite der Gesellschaft in Form von intensiven Wahrnehmungs- und Bewegungsdefiziten erfahren, ist ein Interesse an der Motopädagogik bald auch bei anderen Berufsgruppen entstanden, die die angebotenen Lehrgänge zu einem Ort interdisziplinären Erfahrungsaustauschs werden ließen. Sie übertrugen die Erfahrungen, die Spiel- und Lernangebote auf ein Anwendungsspektrum von der Frühförderung bis in die Bewegungsarbeit mit den Seniorinnen und Senioren.

Nun haben die Kolleginnen und Kollegen aus dem Lehrteam des ak'MÖ mit bewundernswerter Energie ihre Erfahrungen in einem spannenden Buch zusammengefasst. Sie möchten den Leser durch eindringliche und anschauliche Beispiele die differenzierten Entwicklungsangebote der Motopädagogik für Menschen in unterschiedlichen Lebensabschnitten vermitteln. Damit wird der Fundus an Erfahrungen einem größeren Kreis an Interessierten zugänglich. Die Autorinnen und Autoren stellten sich mit ihrer Arbeit bewusst der Diskussion in den Fachkreisen, in der Hoffnung, dass ein kontroverser Disput zum Fortschritt theoretischen Denkens und praktischen Tuns beitragen und damit mehr Bewegung in unser Leben bringen kann.

Dr. Tilo Irmischer
Erster Vorsitzender des Aktionskreises Psychomotorik/Deutschland
Erster Vorsitzender des Europäischen Forums für Psychomotorik

Zur Geschichte der Motopädagogik in Österreich

Motopädagogik hat in Österreich erst eine kurze, dafür umso „bewegtere" Geschichte. Im März 1990 sah ich zufällig im Fernsehen die „Elternsprechstunde" des Bayerischen Rundfunks zum Thema „Diagnose- und Förderklassen in Bayern", in denen nach motopädagogischen Grundsätzen gearbeitet wird. Diese Arbeitsweise gefiel mir sehr, und so nahm ich sofort Kontakt mit dem Leiter dieser Klassen in Pfaffenhofen/Geisenfeld, Dr. Peter Bernhart, auf und konnte schon im Herbst an Ort und Stelle hospitieren.

Im Jänner 1991 konnte im Rahmen der StützlehrerInnen-Fortbildung ein dreitägiges Seminar über Motopädagogik angeboten und das Interesse dafür geweckt werden.

Anlässlich einer weiteren Hospitation im Juni 1991 hatten drei Wiener Stützlehrerinnen die Gelegenheit, motopädagogische Diagnose- und Arbeitsmöglichkeiten kennen zu lernen.

Anfang Mai 1992 kam Prof. Dr. Ernst J. Kiphard, der „Vater" der Motopädagogik in Deutschland, zu einem Vortrag nach Wien. Zu diesem Zeitpunkt war die Nachfrage nach einer intensiveren Fortbildung schon dermaßen groß, dass ich zusammen mit den StützlehrerInnen den Fortbildungslehrgang „Zusatzqualifikation Motopädagogik" mit Unterstützung der ak'M (Akademie für Motopädagogik und Mototherapie/Deutschland) organisierte, der im Herbst 1992 begann. Schon in der ersten Lehrgangswoche war einigen KollegInnen und mir klar, dass dieser Lehrgang keine Einzelaktion bleiben darf. So beschlossen sechs LehrgangsteilnehmerInnen, einen Verein zu gründen.

Am 23. Jänner 1993 war es so weit: Der ak'MÖ – Aktionskreis Motopädagogik Österreich – feierte seine Gründung! Als Ziel setzten wir uns die Weiterverbreitung der Motopädagogik in Österreich, die „Zusatzqualifikation Motopädagogik" anzubieten, motopädagogische Förderkurse für Kinder, Jugendliche, Erwachsenen und Senioren einzurichten, eine Bibliothek für unsere Mitglieder aufzubauen, uvm.

Die erste Zeit unserer Selbständigkeit begleitete unser deutscher Partnerverein „ak'P" (Aktionskreis Psychomotorik) sehr intensiv, denn er ermöglichte uns durch die Entsendung von Vortragenden die Verwirklichung des Anbots der „Zusatzqualifikation Motopädagogik" von Anfang an. An dieser Stelle möchte ich mich für diese Unterstützung recht herzlich bedanken, denn damit war die Erfüllung unserer vordringlichsten Zielsetzung von vornherein möglich.

Ende 1994 konnten wir die erste Motologin, Mag. Veronika Pinter, in unseren

Reihen begrüßen. Damit war ein großer Schritt getan, denn nun rückte die Bildung eines eigenen Lehrteams in greifbare Nähe, zumal die Nachfrage immer größer wurde und unser deutscher Partnerverein signalisierte, dass eine Ausweitung seiner Vortragstätigkeit in Österreich nicht möglich sei.

Im Herbst 1995 war es dann so weit: Der ak'MÖ gründete sein eigenes Lehrteam.

In der Zwischenzeit mehrten sich aber auch die internationalen Kontakte.

Im September 1996 wurde nach intensiven Vorarbeiten das „Europäische Forum für Psychomotorik" gegründet, und auch Österreich war durch den ak'MÖ dort vertreten.

Innerhalb Österreichs gibt es eine zunehmend intensiver werdende Zusammenarbeit mit dem Pädagogischen Institut in Graz, das ebenso die „Zusatzqualifikation Motopädagogik" anbietet, mit der „Österreichischen Gesellschaft für Psychomotorik", dem Studiengang „Psychomotorik und Motopädagogik" an der Landesakademie Niederösterreich bzw. Donauuniversität Krems, dem Zentrum für Kindergartenpädagogik der Landesakademie Niederösterreich und zahlreichen Initiativen und Ausbildungsstätten im pädagogisch/therapeutischen Tätigkeitsbereich.

Vera Stehno
Obfrau des Aktionskreises Motopädagogik Österreich

Veronika Pinter-Theiss

Psychomotorik
Bewegt durchs Leben

Die Geilheit aufs Leben!
Es geht einfach nur darum, sich hineinzuwerfen!
In das Nichts, die totale Verwirrung,
wo Gedanken durch Körper und Bewegung geschaffen werden.
Dank Nietzsche für deine glückliche Wissenschaft.
Die Lust ist die Neugierde des Körpers,
das Hinterfragen ist die Neugierde des Denkens.
In diesem singenden Duett
wird ein selbständig handelndes und denkendes
Individuum geschaffen.

Soren Kierkegaard

I. EINLEITUNG

Ein selbständig handelndes und denkendes Individuum, bestehend aus einem lustvoll bewegten und sich bewegenden Körper und einem neugierig denkenden Wesen, ist seit je her Bedingung für die bestmögliche und vollständige gesellschaftliche Integration des Individuums. Seit den „alten Griechen" versucht die Menschheit, sich diesem Optimum des körperlich-seelisch-geistigen Zustands durch Hinterfragen anzunähern oder scheinbare Defekte auszubessern. Aufbauend auf der Grundvoraussetzung einer stets tüchtigen und funktionsfähigen körperlichen Basis, wurde nach dem Wesen der Weisheit, des sozialen Zusammenlebens, der personalen Mystik, der kulturellen Ästhetik, der technischen Möglichkeiten, der seelischen Konsistenz des Einzelnen und seiner menschlich-dinglichen Umwelt geforscht.

Am Ende des 20. Jahrhunderts ist das Wesen Mensch an einem Punkt der wissenschaftlichen Forschung angelangt, von dem er im Grunde nicht viel mehr weiß, als dass das Ende der Forschung noch lange nicht erreicht ist. Denn die Grenzen des Alls und die Mitte des Zellkerns rücken umso ferner, je näher wir ihnen kommen. Dazwischen ist der Mensch unfähiger denn je, sein Leben lustvoll zu genießen und lebensfroh zu bewältigen. Gestört von seiner menschlichen Mit-Welt und von seiner unmenschlichen Umwelt, geplagt von zunehmender Krankheit und ansteigendem

Stress, gespalten in seinen wissensdurstigen Kopf und seinen trägen Körper, immer noch gepeinigt von der auch heute nicht beantwortbaren Frage: warum?

Wie weit sind wir also gekommen in über 4 Milliarden Jahren Entwicklungsgeschichte?

Genau so weit, dass seit nicht sehr langer Zeit – im Vergleich zu den 4 Milliarden handelt es sich um wenige Augenblicke – eine neue Praxis und Wissenschaft im Entstehen ist, die sich der Entwicklung des Menschen widmet, um das Gesamtwesen Mensch in seinem Sosein zu fördern und zu unterstützen.

Psychomotorik will dem Menschen jeden Lebensalters Platz gewähren, sich so zu entwickeln, wie es für den individuellen Körper, Kopf, Fuß, Bauch, Hals – schlicht Leib – passend ist, und fördert ganz provokant das singende Duett eines neugierigen, lustgeleiteten Körpers, vereint mit einem neugierigen, lustgeleiteten Denken.

Wie sich diese praxisgeleitete Wissenschaft entwickelt hat und welches Konzept ihr heute zugrunde liegt, wird auf den folgenden Seiten dargestellt. Die weiteren Kapitel geben einen Einblick in die verschiedenen Anwendungsgebiete der Psychomotorik. Diese sind nach Lebensabschnitten geordnet und zeigen einerseits die Besonderheiten der Arbeit mit der jeweils beschriebenen Gruppe, und andererseits betonen sie das gemeinsame, ganzheitliche Konzept der Psychomotorik, das lebensabschnittsübergreifend anwendbar ist.

II. GESCHICHTE DER PSYCHOMOTORIK

Das Konzept der Psychomotorik, wie wir es heute in Österreich finden, hat seinen Ursprung in Deutschland und ist eng mit Ernst J. KIPHARD verbunden.

Bereits seit 1955 wendete KIPHARD die **„Psychomotorische Übungsbehandlung“** in der Kinder- und Jugendpsychiatrie in Gütersloh an. Dass es sich bei der psychomotorischen Übungsbehandlung „um nichts grundsätzlich Neues“[1] handelte, war den VertreterInnen dieser Methode von Anfang an bewusst und wird von HÜNNEKENS und KIPHARD auch im Buch *Bewegung heilt* so dargestellt.

HISTORISCHE QUELLEN[2]

Die Einflüsse auf KIPHARD und somit auf die Entwicklung der Psychomotorik kamen aus verschiedenen Richtungen:

Sinneserziehung

Mit der Sinneserziehung als Grundlage für alle Erziehung setzte sich der französische Arzt Jean ITARD schon Anfang des 19. Jahrhunderts auseinander. Er nahm ein sogenanntes Wolfskind bei sich auf und versuchte, es zu fördern und zu erziehen. Weil sich die Erfolge seiner Bemühungen aber nur sehr langsam einstellten, variierte er immer wieder seine Herangehensweise an das Kind und erarbeitete sehr differenzierte Übungen. Die Berichte über seine Arbeit waren voll anschaulicher Beschreibungen, die viele Zeitgenossen als Vorbild nutzten.

Edouard SÉGUIN, ein Schüler von Itard, bezeichnete seinen Lehrer als Begründer der physiologischen Erziehung, griff seine Ideen auf und adaptierte sie für die Arbeit mit geistig Behinderten. Er entwickelte viele Sinnesmaterialien und war bemüht, geistig behinderte Menschen damit zu aktivieren, weil er eine Förderung der Aktivität (er meinte damit eine Schulung von Nerven, Muskeln und Sinnen) als Grundlage für die Entwicklung von Intellekt sah.

Maria MONTESSORI beschäftigte sich sehr intensiv mit Séguin und übersetzte sein Werk ins Italienische.

Einfluss auf die Psychomotorik hatte Maria Montessori vor allem dort, wo sie die Selbsttätigkeit und das Selbstlernen des Individuums betonte.

Unterschiede gab es aber da, wo Montessori das freie kindliche Spiel als unnütze Tätigkeit ablehnte, während Kiphard jegliches Spiel als kindliche Ausdrucks- und Tätigkeitsform sah.

Kindgemäß und individuell waren die geistig-orthopädischen Übungen von LESEMANN, die bereits in den 20-er Jahren in Deutschlands Sonderschulen auf dem Stundenplan standen. Lesemann wies darauf hin, dass Kinder mit motorischen Schwächen oft nicht die Voraussetzungen mitbrächten, um Kulturtechniken wie das Schreiben zu lernen. Er empfahl, grobmotorische Vorübungen zu machen und spezielle Bewegungen zu erarbeiten, die die fein abgestimmten Schreibbewegungen ermöglichten.

Rhythmik

Auch die Rhythmikerinnen Mimi SCHEIBLAUER und Charlotte PFEFFER beeinflussten die Psychomotorik nachhaltig.

Mimi Scheiblauer widmete sich ab 1914 in der Schweiz ganz der Förderung von Behinderten. Sie vertrat die Ansicht, dass sich ihre Arbeit nicht theoretisch vermitteln ließe, und autorisierte erst sehr spät einen Schüler, ihre Arbeit zu dokumentieren. Das Rhythmikmaterial, das sie entwickelt hatte, sollte die Fantasie anregen und gleichzeitig auch zu Behutsamkeit miteinander und zu Ordnung motivieren. Typische Materialien sind Reifen, Bälle, Tücher, Stäbe und Seile.

Charlotte Pfeffer arbeitete nach ihrer Tanz- und Rhythmikausbildung in Dresden in psychiatrischen Kliniken in Russland und Italien. 1941 verwendete sie erstmals den Begriff „psychomotorische Erziehung", mit dem sie ihre eigene Arbeitsweise kennzeichnete. Pfeffer orientierte sich an der natürlichen Bewegung des Menschen und kritisierte die Methoden der offiziellen Körpererziehung, die sich akrobatische oder künstlerische Ziele setzte. Bedeutsam in ihrer Arbeit war vor allem die Verwendung einfachster Alltagsmaterialien zum Spielen, ihr diagnostischer Zugang, der über die Beobachtung des Bewegungsverhaltens zur Erstellung von Fördervorschlägen führte, und ihre ganzheitliche Herangehensweise an die Menschen, mit denen sie arbeitete.

Heilpädagogik

1957 brachte LÖWNAU den speziellen Aspekt der Verhaltensbeeinflussung durch Bewegungserziehung in die Diskussion ein. Er beschrieb, wie Bewegungserziehung in kinderpsychiatrischen Kliniken und Sonderheimen durchgeführt wurde, und erkannte die Schwierigkeiten, die entstehen, wenn der Arbeit mit „schwierigen" Kindern dieselben Prinzipien zugrunde gelegt werden wie der Arbeit mit gesunden Altersgenossen.

Die Leibeserziehung als heilpädagogische Maßnahme bot Entladungsmöglichkeiten für affektive Spannungen und Ausdrucksmöglichkeiten für das Lebensgefühl. Das Verhalten der PädagogIn sollte durch eine abwartende, non-direktive Haltung gekennzeichnet sein.

PSYCHOMOTORISCHE ÜBUNGSBEHANDLUNG

Nach vielen Jahren, die Ernst J. KIPHARD als Trapezclown beim Zirkus verbracht hatte, ließ er sich ab 1954 an der Deutschen Sporthochschule in Köln zum Diplomsportlehrer ausbilden. Bereits als Student knüpfte er Kontakte zur Kinder- und Jugendpsychiatrie in Gütersloh und konnte die leitende Ärztin Dr. HECKER für seine Idee begeistern, behinderten Kindern über das Medium Bewegung zu helfen. So entstand die *„Psychomotorische Übungsbehandlung"*. Der Begriff „Übungsbehandlung" wies darauf hin, dass Kiphards Arbeit in einem klinischen Setting stattfand, in dem auf die Diagnose einer Ärztin/eines Arztes eine Behandlung erfolgte. Der Begriff „psychomotorisch" veranschaulichte, dass Kiphards Arbeit von dem Wissen um einen Zusammenhang von psychischem Erleben und motorischem Verhalten geprägt war.

Die Behandlungserfolge an der Klinik, die gezielte Öffentlichkeitsarbeit und Fortbildungslehrgänge machten die psychomotorische Übungsbehandlung in Deutschland schnell bekannt.

Die Notwendigkeit, die praktischen Erfahrungen weiterzugeben und sie wissenschaftlich zu fundieren, führte 1974 zu einer interdisziplinären „Arbeitsgemeinschaft für spezielle Bewegungspädagogik und psychomotorische Therapie", aus der sich 1976 der „Aktionskreis Psychomotorik" als Verein konstituierte. Ziel des Aktionskreises war es, das von Kiphard entwickelte, und unter anderem von Friedhelm SCHILLING weitergeführte „Konzept der Erziehung durch Bewegung" wissenschaftlich zu begründen und zu verbreiten.

Ein bedeutender Erfolg wurde 1983 erreicht, als der Aufbaustudiengang Motologie an der Philipps-Universität in Marburg an der Lahn, Deutschland, etabliert werden konnte.

III. BEGRIFFSBESTIMMUNG

Die **Motologie** als Wissenschaft ist die Lehre von der Motorik, ihrer Entwicklung, ihrer Störungen und ihrer Förderung.[3]

Motorik wird dabei als das „bewusste und unbewusste Haltungs- und Bewegungsgesamt des Menschen in der Funktionseinheit von Wahrnehmen, Erleben und Handeln"[4] definiert. Bewegung wird als Grundlage der Handlungs- und Kommunikationsfähigkeit des Menschen gesehen, und damit als elementarer Bestandteil der Persönlichkeit.[5]

In der angewandten Motologie werden zwei Bereiche unterschieden:

Die **Mototherapie/psychomotorische Therapie**, eine „bewegungsbezogene Methode zur Behandlung von Auffälligkeiten, Retardierungen und Störungen im psychomotorischen Verhaltens- und Leistungsbereich",[6] die zwischen den funktionellen Therapien (z. B. Bobarththerapie) und den körperbezogenen Psychotherapien (z. B. Intergrative Bewegungstherapie) anzusiedeln ist, und die **Motopädagogik**, ein Konzept der Persönlichkeitsentwicklung und Persönlichkeitsbildung über motorische Lernprozesse. Wird im motopädagogischen Anwendungsbereich die Entwicklung von normal entwickelten Menschen begleitet, sprechen wir von **motopädagogischer/psychomotorischer Erziehung,** unterstützen wir die Entwicklung von beeinträchtigten oder entwicklungsverzögerten Menschen, sprechen wir von **motopädagogischer/pschomotorischer Förderung.**

Zwischen diesen Anwendungsfeldern gibt es ein weites Spektrum an **motodiagnostischen Vorgangsweisen,** die helfen sollen, abzuklären, ob eine Person eine motopädagogische Erziehung, eine motopädagogische Förderung oder eine mototherapeutische Intervention benötigt.

Deshalb kommt der **Diagnostik** im Konzept der Motologie (als Wissenschaft) und der Motopädagogik (als Anwendungsgebiet) große Bedeutung zu. Unterschieden und angewendet werden in der Motodiagnostik quantitativ messende und qualitativ beobachtende Verfahren. Die Vor- und Nachteile der einzelnen Methoden lassen sich folgendermaßen zusammenfassen:

Motographie

z. B.: Wirbelsäulenscreening, Ganganalysen, . . .

Hierbei kommt es zu einer Aufzeichnung von Bewegung zumeist mittels Video, was den Vorteil hat, dass die Bewegung wiederholt angeschaut und exakt analysiert werden kann. Andererseits handelt es sich hierbei um Verfahren, die mit einem hohen Aufwand an Material, Zeit und Kosten verbunden sind.

Motometrie

z. B.: MOT 4-6 (Motoriktest für 4- bis 6-jährige Kinder)[7]

Hierbei handelt es sich um messende Verfahren, bei denen die Menge der gelösten Aufgaben in einem vorgegebenen Zeitraum, die Geschwindigkeit, mit der eine Aufgabe gelöst wird, die Höhe von Sprüngen, die Weite von Würfen, . . . gemessen wird. Die Ergebnisse werden als Rohwerte in eine Tabelle eingetragen, standardisiert und mit der Norm verglichen. Daraus resultiert ein Motorikquotient, der in Anlehnung an den Intelligenzquotienten seinen Mittelwert bei 100 hat.

Diese Art der Diagnostik gerät jedoch zunehmend ins Kreuzfeuer der Kritik, weil einerseits Testwerte in Zahlen nur eine sehr geringe prognostische Gültigkeit haben, und andererseits die Testsituation einer Laborsituation angenähert ist, die meist weit entfernt vom alltäglichen Leben des Kindes in der Schule, zu Hause oder in der Freizeit liegt.

Motoskopie

z. B.: DMB (Diagnostisches Inventar motorischer Basiskompetenzen)[8]

Hierbei handelt es sich um strukturierte und unstrukturierte Bewegungsbeobachtungen. Diese können ohne großen Aufwand überall durchgeführt werden, sind einfach zu handhaben und belassen die „Versuchsperson“ in ihrem vertrauten Umfeld. Wichtig für die beobachtende Person ist in diesem Fall, sich immer darüber im Klaren zu sein, dass Beobachtung gleich Wahrnehmen ist und unsere Wahrnehmung sehr subjektiv und selektiv funktioniert. Trotz möglicher Beobachtungsfehler und der Gefahr verzerrter Interpretation, wird diese Richtung zunehmend bevorzugt, weil sie dem ganzheitlichen Arbeiten und somit einem wichtigen Prinzip der Motopädagogik am nächsten kommt.

Welches Verfahren auch immer ausgewählt wird, entscheidend ist letztlich, dass eine **Förderdiagnose** erstellt wird, deren Ziel das Erkennen des Entwicklungsniveaus der getesteten Person, ihrer Stärken, ihrer Schwächen und ihrer individuellen Förderbedürfnisse ist. Förderdiagnostische Prinzipien sind die Suche nach der „am geringsten eingeschränkten Lernumwelt", die Individualisierung der Förderung, die Ableitung der Förderung aus einer gemeinsamen Theorie und die stärkere Betonung qualitativer und eher subjektiver Methoden in der Diagnostik.[9] Darauf aufbauend kann dann ein möglichst gut auf die Person abgestimmter, individueller Förderplan entwickelt werden.

IV. KONZEPT DER PSYCHOMOTORIK

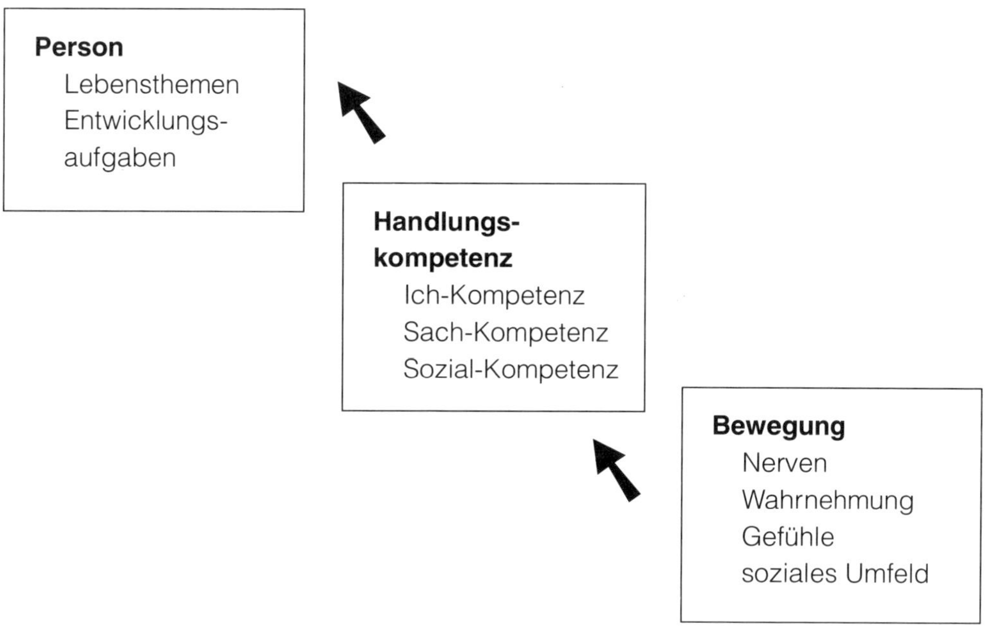

Entwicklung von Persönlichkeit

In der psychomotorischen Arbeit beschäftigt sich die PsychomotorikerIn mit einer Person, die sich zum Zeitpunkt des Zusammentreffens mit bestimmten Lebensthemen und Entwicklungsaufgaben auseinander setzt. Dies geschieht bei dieser Person bewusst und unbewusst. Entwicklung passiert dann, wenn eine solche Entwicklungsaufgabe im Laufe der Zeit gelöst wird und sich die Person einer neuen Entwicklungsaufgabe zuwenden kann.

Welchen Unterschied es macht, ob die PsychomotorikerIn mit einem Kind im Trotzalter, mit einem Jugendlichen in der Pubertät, mit einer Erwachsenen in der Phase der Familiengründung oder mit einem alten Menschen, der sich auf den Tod vorbereitet, zusammentrifft, wird in den einzelnen Kapiteln dieses Buches dargestellt.

Kompetenz zu handeln

Da es nicht der Anspruch oder die Aufgabe der PsychomotorikerIn sein kann, die Entwicklungsaufgaben für die anvertraute Person zu bearbeiten und zu lösen, kann es nur so sein, dass der jeweiligen Person möglichst viele Hilfen angeboten werden, die eigene Entwicklungsaufgabe autonom und bestmöglich zu lösen.

Die psychomotorische Erziehung versteht sich demzufolge als Unterrichtslehre, die durch gezieltes und variiertes Wahrnehmungs- und Bewegungslernen die Entwicklung der Gesamtpersönlichkeit des Menschen fördern will. Sie kann also als **Konzept der Persönlichkeitsentwicklung und Persönlichkeitsbildung über motorische Lernprozesse** verstanden werden.

Psychomotorik will den Menschen anregen, anleiten und unterstützen, sich handelnd seine Umwelt zu erschließen, um seinen Bedürfnissen entsprechend auf sie einwirken zu können.

Das Richtziel der psychomotorischen Erziehung ist es demnach, zur Selbstverwirklichung in sozialer Gemeinschaft beizutragen, indem sie den Menschen befähigt, sich mit sich selbst, seiner dinglichen und sozialen Umwelt auseinander zu setzen und entsprechend handeln zu können.

Dies versucht die psychomotorische Erziehung zu erreichen, indem sie die Fähigkeiten vermittelt:

- sich und seinen Körper wahrzunehmen, zu spüren, zu erleben, kennen zu lernen, zu verstehen und mit seinem Körper umzugehen und zu leben – **Ich-Kompetenz;**
- die materiale Umwelt wahrzunehmen, zu be-greifen, kreativ zu verändern, Informationen über sie erlebend und verstehend zu verarbeiten und in und mit ihr umzugehen – **Sach-Kompetenz;**
- die soziale Umwelt wahrzunehmen, sich als ein Teil davon zu erleben, soziale Prozesse zu verstehen und mit sich und anderen Menschen umzugehen – **Sozial-Kompetenz.**

Aus diesen drei Kompetenzbereichen ergibt sich die **Handlungskompetenz** als umfassende Fähigkeit.[10]

Den Körper spüren, Berührung genießen – in Kontakt sein, sich kreativ ausdrücken

Bedeutung und Aspekte von Bewegung

Mit dem Begriff Bewegung sind in unserem Verständnis zumeist Bewegungshandlungen gemeint, die immer von der individuellen und sozialen Wirklichkeit sowie von biographischen, gesellschaftlichen, biologischen und kulturhistorischen Tatbeständen beeinflusst sind.

Jede Bewegung hat einen individuellen Sinn, dem von außen eine intersubjektive Bedeutung zugemessen wird. Diese Bedeutung wird nicht abstrakt, sondern in konkreten Zusammenhängen und anhand von Ergebnissen erfahren. Bewegungen unterscheiden sich oft weniger in ihrem motorischen Vollzug als vielmehr durch die unterschiedliche Sinngebung. Laufen kann ich z. B., weil ich vor jemandem Angst habe und davonlaufe, weil ich die Straßenbahn noch erwischen will oder weil ich meine Freizeit gesundheitsbewusst gestalten möchte.

Das Bedeutungsgesamt des Phänomens Bewegung bringt Ommo GRUPE (1976) in folgende Systematik:

Die instrumentelle Dimension

Der Körper und seine Bewegungen werden funktionell als Werkzeug benutzt. Manche Bewegungen stehen uns so selbstverständlich zur Verfügung, dass sie nur dann ins Bewusstsein geraten, wenn sie durch äußere Anlässe gestört oder behindert werden (z. B. beim Tragen eines Gips).

Die explorierend-erkundende Dimension

Diese Dimension bezieht sich darauf, durch Bewegung etwas über sich selbst, seine dingliche und personale Umwelt zu erfahren. Sie hat einen Schwerpunkt in der Kindheit, weil das Kind spielend lernt und sich neugierig mit der Welt auseinander setzt. Darüber hinaus darf die Bedeutung der explorierend-erkundenden Dimension für das Jugend-, das Erwachsenen- und das Seniorenalter nicht unterschätzt werden.

Die dingliche Umwelt wahrnehmen und be-greifen

Die soziale Dimension

Bewegung ist die erste und wichtigste Kommunikationsform des Menschen. Sie liefert uns einerseits soziale Erfahrungen und ist andererseits das Medium sozialer Beziehungen, die ganz aktiv mitgestaltet werden können (z. B. aufnehmen, aufrechterhalten und abbrechen von Beziehungen).

In Gemeinschaft vollzieht sich Bewegung unter *expressiven* Gesichtspunkten, d. h. um sich auszudrücken, mitzuteilen, darzustellen, und unter *instrumentellen* Gesichtspunkten, d. h. um etwas bei anderen zu bewirken.

Soziale Übereinkünfte regeln viele Bedeutungen von Bewegung (z. B.: Nicken bedeutet „Ja"), um Mehrdeutigkeit und Missverständnisse zu vermeiden und Verständigung zu ermöglichen.

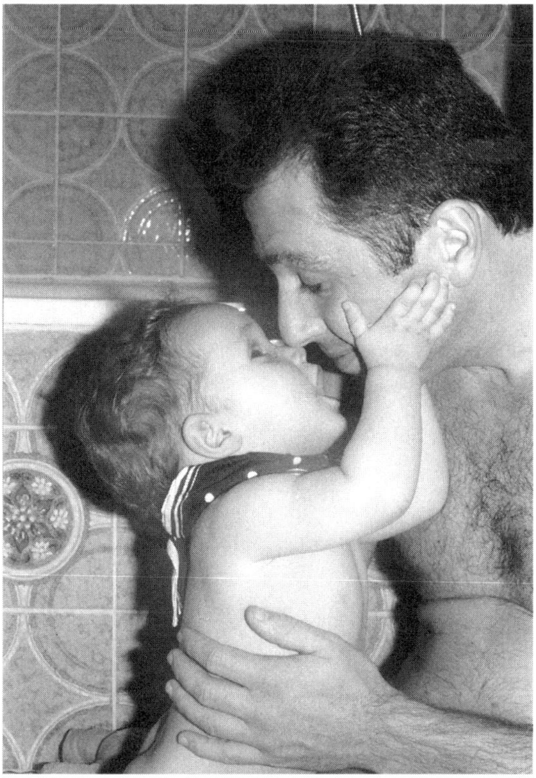

Bewegung als erste und wichtigste Kommunikationsform des Menschen

Die personale Dimension

Das Subjekt – der Mensch – kann sich durch seine Bewegung erfahren und verwirklichen. Innerhalb seiner biologischen Begrenzung, seiner individuellen Erfahrungen und Gewohnheiten sind Möglichkeiten, Wahl und Entscheidungen für Bewegungshandlungen erforderlich. Die individuelle Entscheidung ist abhängig von Vorerfahrungen, Erwartungen und Sinnkonstellationen.

Da der Mensch sich selber als Verursacher und Veränderer von Bewegung erfährt, erlebt er Souveränität und Autonomie. Die Erfahrung eines Mehr an Bewegungs„können" ist die Erfahrung eines Mehr an Sicherheit, Zutrauen, Selbstwertschätzung, an KOMPETENZ.

Dass all diese Dimensionen eng miteinander verwoben sind und daher auch aufeinander wirken, kann schon allein mit dem Beispiel der Bewegungshandlung „Schuhe binden" veranschaulicht werden:

Als Voraussetzung für die Tätigkeit des Schuhebindens werden einerseits Sehschärfe, Auge-Hand-Koordination und „Fingerfertigkeit" genannt, womit die instrumentelle Dimension und der sensomotorische Aspekt, d. h. der Bereich der Wahrnehmung, angesprochen sind.

Andererseits spielen die Motivation und der Wunsch nach Unabhängigkeit eine entscheidende Rolle. Hier kommt die personale Dimension zum Tragen und es wird der Zusammenhang der Ausführung einer Bewegungshandlung mit dem emotionalen Aspekt deutlich.

Sollten Sie nun ausschließlich verbal beschreiben, wie Sie eine Masche binden, würden Sie wahrscheinlich Ihren Blick starr in die Ferne richten, sich ein geistiges Bild von dem Bewegungsvorgang machen (denken) und mit einer regen Aktivität Ihrer Hände (Bewegung) Ihre verbalen Ausführungen (sprechen) begleiten.

Die Vielfalt der Möglichkeiten des Schuhebindens zeigt, dass auch das soziale Umfeld einen deutlichen Einfluss auf die Art und Weise einer Bewegungshandlung hat.[11]

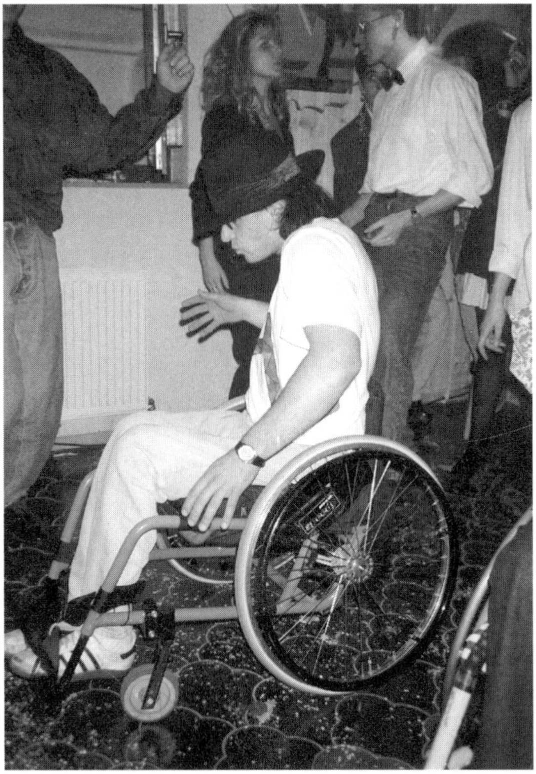

Tanz: Bewegung als Ausdruck innerer Bewegtheit

V. PRINZIPIEN DER PSYCHOMOTORIK

Psychomotorik spricht ein sehr breites Spektrum an Zielgruppen an. Sie will den unterschiedlichen Bedürfnissen und Anforderungen der AnsprechpartnerInnen gerecht werden. Eine allgemeine Beschreibung der Arbeitsweise kann daher kaum Aussagekraft besitzen. So gibt es eine Reihe von *Leitideen,*[12] die übergeordnet über jeder motopädagogischen Arbeit stehen sollen.

Ganzheitlichkeit

Psychomotorik zielt nicht auf eine isolierte Verbesserung einzelner Wahrnehmungs- und Bewegungsfunktionen ab, sondern sie will über das Medium Bewegung die gesamte Entwicklung einer Persönlichkeit fördern. Da aber sowohl die KlientIn als auch die PsychomotorikerIn an der Gestaltung einer psychomotorischen Situation teilhaben, ist es notwendig, neben der Person der KlientIn auch die Subjektivität der PsychomotorikerIn zu berücksichtigen. Nur wenn es der PsychomotorikerIn gelingt, als ganze Person im Geschehen zu sein, ihr Erleben, ihre eigenen Erfahrungen, theoretisches Wissen und methodisch-didaktische Grundsätze in ihre Person zu integrieren, ist es ihr möglich, leiblich zu handeln und offen für Begegnung zu sein.[13]

Personenorientiertheit

Es sind solche Angebote zu suchen, die den subjektiven und objektiven Interessen der KlientIn gerecht werden können.

Kommunikationsorientiertheit

Die Fähigkeit, sich mitzuteilen, ist eine wesentliche Voraussetzung, um über sich selbst zu verfügen. Deshalb verdient der kommunikative Aspekt in der Psychomotorik besondere Aufmerksamkeit.

Handlungsorientiertheit

Ziel dieses Prinzips ist es, die Selbsttätigkeit der Person in den Vordergrund zu stellen. Die tätige Auseinandersetzung mit der Umwelt soll über „Kopf, Herz, Hände, Füße und alle Sinne“ passieren.

Entwicklungsorientiertheit

Personen lernen am leichtesten, wenn die Lernsituation auf den jeweiligen Entwicklungsstand abgestimmt ist. Für eine erfolgreiche psychomotorische Arbeit ist die Kenntnis der Entwicklungsstufen eine wichtige Voraussetzung.

VI. ZUSAMMENFASSUNG

„Psychomotorische Praxis bedeutet, dem Kind über den Körper – seiner primären Zugangsweise zur Welt – zu begegnen und seine vordringlichen Beweg-Gründe verstehen zu suchen. Nicht der Körper, der ‚funktioniert', ist das Ziel der psychomotorischen Intervention, sondern der Körper, den das Kind fühlt, in dem es sich – im besten Fall – wohl fühlt, über den es seine Persönlichkeit entfalten kann."[14]

Psychomotorik will kein neues Rezept gegen alle möglichen Störungen sein, sie ist mehr eine Geisteshaltung als eine Methode.

Psychomotorik will die Entwicklung des Menschen unterstützen, indem sie ihn in seinem Sosein annimmt.

Psychomotorik ist ein ganzheitliches Konzept, das die Grundlagen der Handlungskompetenz in einem positiven Körpergefühl sieht. Auf dieser Basis kann der Mensch „aus sich selbst schöpfen".

❖ ❖ ❖ ❖ ❖

1 Hünnekens/Kiphard (1960), S. 14
2 Vgl. Irmischer (1989), S. 9 ff.
3 Vgl. Irmischer (1987), S. 7
4 Definition des Aktionskreises Psychomotorik Deutschland (1976)
5 Vgl. Philippi-Eisenburger (1990), S. 9
6 Schilling (1986), S. 728
7 Zimmer/Volkamer (1984)
8 Eggert/Ratschinski (1993)
9 Vgl. Eggert (1994), S. 101
10 Vgl. Irmischer (1987), S. 13 ff.
11 Vgl. Tuczek (1994), S. 126–127
12 Vgl. Irmischer (1987), S. 18 ff.
13 Vgl. Bobzien/Pinter (1994), S. 45
14 Esser (1995), S. 84

Lilo Brandstetter

Schaukeln, kuscheln, spüren
Psychomotorik und basale Förderung

Das Auge sagte eines Tages: „Ich sehe hinter diesen Tälern im blauen Dunst einen Berg. Ist er nicht wunderschön?" Das Ohr lauschte und sagte nach einer Weile: „Wo ist ein Berg, ich höre keinen." Darauf sagte die Hand: „Ich versuche vergeblich, ihn zu greifen. Ich finde keinen Berg."
Da wandte sich das Auge in eine andere Richtung. Die anderen diskutierten weiter über diese merkwürdige Täuschung und kamen zu dem Schluss: „Mit dem Auge stimmt etwas nicht."

Khalil Gibran

I. EINLEITUNG

Schaukeln, kuscheln und spüren sind basale Empfindungen, die unser menschliches Dasein von Anfang an bestimmen. Der Begriff „Basale Förderung" ist in diesem Zusammenhang nicht auf eine bestimmte Zielgruppe hin zu sehen, sondern als genuines menschliches Bedürfnis zu verstehen. Es geht hier auch weder um eine Therapieform noch um eine neue pädagogische Richtung oder gar um Patentrezepte für den Umgang mit Menschen. Die folgenden Ausführungen sollen lediglich Verständnis für unsere eigene Entwicklungsgeschichte wecken und zeigen, dass wir alle – ob behindert oder nicht – mit denselben elementaren Bedürfnissen zur Welt kommen. Vor allem für Säuglinge und Menschen, die auf körpernahe Kommunikation angewiesen sind, ist die Befriedigung dieser Bedürfnisse aber existentiell.

Viele Erwachsene glauben, diese Bedürfnisse nicht mehr zu haben. Es ist aber eher so, dass diese Gefühle als „kindisch" oder auch als „weiblich" und daher verpönt gelten und in unserer rationalen und „verkopften" Welt verdrängt werden. Die Befriedigung dieser Bedürfnisse tut aber gut, man denke nur an diverse Pratervergnügungen (vestibuläre Stimulation), an Massagen oder Körperpflege (somatische Stimulation) oder lauteres Musikhören (vibratorische Stimulation).

Die Psychomotorik nimmt auch auf diese basalen Grundbedürfnisse Rücksicht und versucht, sie in ihr ganzheitliches Konzept einzubauen.

Begriffsklärung

Im fachlich-pädagogischen Kontext ist „Basale Förderung" oder auch „Basale Stimulation" eine Methode zur Förderung schwerst- oder intensivbehinderter Kinder und Jugendlicher – entwickelt von Andreas FRÖHLICH.

Basale Förderung beinhaltet elementare, grundlegende Angebote für die personelle Entwicklung anknüpfend an die vorgeburtlichen Erfahrungen. Diese intrauterinen Erfahrungen erfolgen vorwiegend über somatische (körperliche), vibratorische (Schwingungen und Rhythmen betreffend) und vestibuläre (Gleichgewichtsempfinden) Stimulationen. **Konsequenterweise setzt eine sinnvolle basale Förderung genau dort an: beim Spüren, Kuscheln und Schaukeln, in engem Körperkontakt und in einem verlässlichen Beziehungsdialog.**

Es gibt Menschen, zu denen ein Zugang fast ausschließlich über diese Ebene möglich ist: Säuglinge, schwerst mehrfachbehinderte Menschen,[1] Menschen im Zustand des Komas, Menschen mit fortschreitenden Krankheiten (und zunehmender körperlicher Abhängigkeit), Menschen mit apallischem Syndrom (nach Schädel-Hirn-Traumen),[2] gerontopsychiatrische PatientInnen.

Wenig bekannt und erforscht ist der Zusammenhang zwischen mangelnder basaler Bedürfnisbefriedigung und Schulproblemen. Oftmals stecken hinter sogenannten Verhaltensauffälligkeiten oder Lernproblemen Defizite und Konflikte im körperlichen, personalen oder sozialen Erleben. Eine negative Einstellung zu sich selbst hat dementsprechend Auswirkungen auf den Umgang mit der dinglichen und personalen Umwelt.

Ich-Kompetenz durch vielfältige positive Körpererfahrungen, Sachkompetenz durch ausreichend Erfahrungen mit Objekten der Umwelt und Sozialkompetenz auf der Grundlage einer stabilen, frühkindlichen Beziehung können schwerer erlangt werden, das Leben ist durch zahlreiche Konflikte geprägt. Konflikte kosten viel Energie, die dann für (schulisches) Lernen nicht zur Verfügung steht.

Nur „wenn ein Kind sein psycho-affektives Gleichgewicht bewahrt oder wieder gefunden hat, seine Dynamik, seinen Wunsch nach Selbstbestätigung, seinen Wunsch nach Ausdruck und Kommunikation, seine Kreativität und Neugierde, stellt 'schulisches Lernen' kein Problem mehr dar, wie auch immer die Methode ist (. . .), und sogar, wenn es gar keine Methode gibt."[3]

In der Erlebniswelt unserer Kinder werden sinnliche Erfahrungen (Gespürtes an, in und mit dem Körper) immer mehr reduziert, die Ganzheitlichkeit des Ichs und seines Erlebens wird aufgeteilt in meist von Erwachsenen durchgeplante Erlebnissequenzen. Der Tagesablauf unserer Kinder verläuft in der Regel fremdbestimmt: einige institutionalisierte Einheiten in Kindergarten oder Schule; das Zuhause eingebettet in Aktivitäten mit Zeitplan; eine Umwelt, die mit dem, was in der Schule erlebt wurde, wiederum wenig zu tun hat; dann gibt es auch noch zahlreiche Kurse und Freizeitaktivitäten.

In einem derart vollgestopften Terminkalender kommt das Sich-selbst-Kennenlernen (Ich-Kompetenz) jedoch eindeutig zu kurz. Ausreichende Körpererfahrung und damit verbunden die Entwicklung einer Ich-Identität und die Fähigkeiten, sich für die materielle und soziale Umwelt zu öffnen, finden nicht statt.

Der Züricher Kinderpsychiater Stefan HERZKA nennt das an eine solche Kindheit anschließende Erwachsensein einen „Restzustand nach konsumierter Kindheit".[4] **Versäumte basale Bedürfnisbefriedigung kann oft nur in Form von Süchten kompensiert werden (Workaholics, Alkohol, Drogen, Ess-, Spiel-, Kauf- Fernsehsucht, Ausleben der mangelnden basalen Bedürfnisbefriedigung durch sexuelle Ausschweifungen usw.).**

II. DIE FRÜHE ENTWICKLUNG

Intrauterine Entwicklung

Es ist noch nicht allzu lange her, dass man dachte, die *richtige* Entwicklung des Menschen vollziehe sich erst nach der Geburt. Durch zahlreiche Untersuchungen konnte dies jedoch widerlegt werden. Man spricht jetzt davon, dass das Kind bereits im Mutterleib so etwas wie ein Bewusstsein entwickelt. David CHAMBERLAIN sieht den Fötus als „sensitives, aktives Wesen, das Präferenzen hat und aus der Erfahrung lernen kann." Und Sepp SCHINDLER ergänzt: „Das Kind ist vom ersten Augenblick seiner Existenz an ein aktives Wesen, das sich unter den sich jeweils verändernden Bedingungen seiner Umwelt anpasst und aktiv zu Umstellungen dieser Umwelt beiträgt."

Bereits in diesem Stadium der menschlichen Entwicklung sind Motorik und Sensorik und damit verbundene Empfindungen aufs engste miteinander verknüpft. Tastsinn, Geschmackssinn, Gehör, Gleichgewichtssinn und Schmerzempfinden sind vor der Geburt ausgeprägt. Das Ungeborene macht auf diese Art bereits positive und negative Erfahrungen mit und rund um seinen Körper. Die Entwicklung fängt nicht nach der Geburt an, sondern knüpft an Erfahrungen im intrauterinen Lebensraum an.

Nach der Geburt

Das Neugeborene kann auf Signale reagieren (Sehfähigkeit und Geruchssinn sind bei der Geburt einsatzfähig), vorausgesetzt sie werden adäquat im Bereich der Nahsinne angeboten. Damit wird an den Erfahrungsschatz und die Fähigkeiten des Kindes angeknüpft. Die Begegnung erfolgt über Hautkontakt, Streicheln, Wiegen und Schaukeln, Geruch (Babys prägen sich den mütterlichen Geruch gleich nach der Geburt ein und vergessen ihn nicht mehr) und Klang der Stimme (Neugeborene erkennen die Stimmen der Mutter und des Vaters).

Unterschiede und Gemeinsamkeiten

Die Möglichkeiten zur Kommunikation und Wahrnehmung, die sehr früh in der menschlichen Entwicklung vorhanden sind, findet man auch bei bewusstlosen Menschen (z.B. Koma nach Schädel-Hirn-Traumen). Ebenso wird in der basalen Förderung von schwerst mehrfachbehinderten Menschen auf diesen Grundlagen aufgebaut – oftmals ist dies der einzig mögliche Weg zu einer Kommunikation.

Erst über einen sinnlichen Dialog in einem stabilen, verlässlichen Beziehungsgefüge kann ein Gefühl für den Körper und später für das ICH entstehen.

Menschen, die sich in keiner Weise selbst versorgen können und auch in ihren Bewegungs- und Kommunikationsmöglichkeiten extrem beeinträchtigt sind, brauchen vor allem körperlichen Kontakt zu einer verlässlichen Bezugsperson, durch die sie ihren eigenen Körper und seine Grenzen erleben können. Der Philosoph Martin BUBER spricht vom Weg über das DU zum ICH. In dieser Hinsicht gibt es keine Unterschiede zu den elementaren Bedürfnissen eines Säuglings.

Während jedoch die Entwicklung beim Säugling mehr oder weniger selbstständig weitergeht, brauchen Menschen, die in ihrer körperlichen Bewegungsmöglichkeit und in ihrer Wahrnehmungsfähigkeit so extrem eingeschränkt sind, ihr ganzes Leben lang ständige Hilfestellung. Sie bleiben immer abhängig von anderen. Dazu kommt noch, dass die Signale, die schwerst mehrfachbehinderte Menschen aussenden, im Unterschied zu denen von Säuglingen nicht immer als lieb und nett empfunden werden und die Begegnung oft ablehnend gestaltet wird.

Die Hilfestellung muss immer auch berücksichtigen, dass zwar der Zugang zur Welt wie beim Kleinstkind nur über Körper und Körperkontakt möglich ist, dass das Gegenüber (der/die 'PatientIn') aber vielleicht schon erwachsen ist und über dementsprechend lange Erfahrung verfügt – oft werden dies vor allem leidvolle Erfahrungen rund um den eigenen Körper sein. Ihre Erfahrungen rund um den eigenen Körper sind fast ausschließlich negativ gefärbt (Schmerzen, Hilflosigkeit, Unbeweglichkeit, Diskrepanz zwischen Wollen und Können, Ausgeliefertsein und Nichtakzeptiertwerden usw.), dementsprechend ihre Einstellung zu ihrem eigenen ICH.

Hier ist die wesentliche Aufgabe jeder Betreuung oder pädagogischen Intervention die Verbesserung der Befindlichkeit. Das ist sehr oft über die Vermittlung eines positiven Körpergefühls möglich. Auch für Nichtbehinderte und Erwachsene gilt das übrigens: Man tut sich (seinem Körper) etwas Gutes, geht zur Massage oder zum Friseur, kauft sich ein neues Kleidungsstück, geht tanzen, schwimmen oder legt sich einfach in das kuschelige Bett.

Entwicklung des Körper-Ich

Bernard AUCOUTURIER beschreibt den körperlichen Zugang zur Welt als die originäre Seinsweise des Kindes in den ersten Lebensjahren. Der Körper ist entscheidend am Aufbau der Identität eines Menschen beteiligt, da das Kind im stetigen Austausch zwischen dem Ich (zu Beginn gleichzusetzen mit dem Körper) und der Welt die Unterschiede erlebt und seine Grenzen erfährt.

Ich-Entwicklung vollzieht sich also zunächst primär über den Körper, und zwar über tägliche psycho-motorische Erfahrungen. Vor allem taktile (über den Hautsinn), propriozeptive (über Gelenke und Muskeln), vestibuläre (über den Gleichgewichtssinn) und vibratorisch-auditive (über Schwingungen zum Körper) bilden in der intrauterinen Zeit und in den ersten Lebensmonaten dabei eine wesentliche Rolle.

Alle den Körper betreffenden Informationen sind aber auch für die Entwicklung von schwer beeinträchtigten Menschen das Ausgangsmaterial für die Erfahrung von „Welt". „. . . die Haut als Kontakt- und Abgrenzungsorgan, das Innenohr mit seiner Fähigkeit, die Lage im Raum zu bestimmen und Bewegungen einzuschätzen, sowie der Vibrationssinn, der dem Kind hilft, von außen kommende Schwingungen (Stimme, Töne, Geräusche etc.) mit dem ganzen Körper aufzunehmen und zu verarbeiten. Über die Vibration erfährt das Kind auch körperliche Tiefeneindrücke, das Skelettsystem wird über Schwingung als stabiler Zusammenhalt im Inneren des Körpers erfahrbar. Diese basale, auf den eigenen Körper, auf die eigene Entwicklung bezogene Wahrnehmung ist nötig, um eine stimmige, subjektive Anatomie zu entwickeln."[5]

Aus den Informationen, die auf den Körper eintreffen und ihn stimulieren, entwickelt sich das Körperschema. Es enthält das verborgene Wissen um unseren Körper und ermöglicht – ergänzt durch auditive und visuelle Eindrücke – ein sinnvolles zeitliches und räumliches Planen und Lenken von Bewegungsabläufen. Damit verbunden ist die Entwicklung des Körperbildes, das alle subjektiven, individuellen Erfahrungen vereint. Marianne FROSTIG[6] nennt dies den „Körper, wie er sich anfühlt".

Entwicklung von Objektbeziehungen

Unter Objektbeziehungen ist hier die Zuwendung zu Personen (Sozialkompetenz) und Gegenständen (Materialkompetenz) zu verstehen. Diese Zuwendung ist nur auf der Basis von Vertrauen in sich selbst und seinen Körper möglich.

Nichtbehinderte Kleinkinder können sehr bald selbst die Auswahl der Materialien und auch in bestimmter Weise der Kontaktpersonen treffen. Die Kommunikationsbedingungen von schwerst mehrfachbehinderten Menschen sind aufgrund der stark eingeschränkten aktiven, spontanen und gerichteten Motorik sowie der meist fehlenden aktiven Sprache natürlich andere. Ihr Aktionsradius ist extrem klein, sie sind abhängig von der Auswahl, die andere für sie treffen. Daher ist es wichtig, Material- und Kontaktangebote auf die jeweilige Person mit ihrer Lebensgeschichte abzustimmen und sie in jedem Fall sinnvoll in die Alltagshandlungen einzubauen.

III. FÖRDERUNG DER HANDLUNGSKOMPETENZ

Ziele jeder therapeutischen und pädagogischen Intervention sind Selbstständigkeit, Mündigkeit, Autonomie, Handlungsfähigkeit u. v. a. m.

Zielsetzung des psychomotorischen Ansatzes ist, dem Menschen zu einer größeren Handlungskompetenz zu verhelfen, um diese Ziele zu errreichen.

Kann ein Mensch aufgrund von Bewegungsbeeinträchtigungen nicht von sich aus motorisch aktiv werden, können die zur Entwicklung notwendigen körperlichen Reize durch passives Durchbewegtwerden vermittelt werden. Prinzipiell muss aber versucht werden, aktive Bewegungen bzw. Bewegungshandlungen, und seien sie noch so minimal, durch Bewegungsanreize und -erleichterungen und Hilfestellungen zu ermöglichen. Nur dann ist es dem Menschen möglich, sich als initiativ und selbstbestimmt zu erleben.

Jede Bewegungshandlung bedeutet Kontaktaufnahme, Erfahrungen an und mit seinem Körper, Erleben und Empfindungen in und um sich selbst. Wie bereits erwähnt, verfügt der Säugling über eine Menge von Fähigkeiten, die ihn ermächtigen, Eigeninitiative zu ergreifen und so in eine Interaktion mit der Umwelt zu treten. So wird er z. B. beim Baden, Essen, Anziehen durch körperliche Reaktionen seine Befindlichkeit ausdrücken. Sind die Reaktionen der Bezugspersonen angepasst, kann sich der Säugling als für seinen Zustand verantwortlich fühlen, er zeigt Kompetenz. Etwas später wird das Kind noch aktiver an den Pflegehandlungen teilnehmen und den Ablauf beeinflussen – seine ersten Erfahrungen mit selbst initiierten Bewegungshandlungen. Werden dem Kind viele solcher Aktivitäten ermöglicht, erweitert sich sein Handlungsspielraum. Es wird seine materiale Umwelt mehr und mehr erforschen. Hier ist es entscheidend, dass seine Selbstständigkeit nicht behindert wird.

Der psychomotorische Ansatz geht davon aus, dass die Entwicklung von den Kindern selbst, aus eigener Initiative heraus erarbeitet werden soll. Fördern kann auch zu einer Behinderung in der Entwicklung werden, wenn Kinder beispielsweise zu motorischen Leistungen angeleitet werden, ohne dass sie die körperliche Reife und die entsprechende intrinsische Motivation haben. Diese Kinder werden die Bewegungen krampfhafter durchführen und aufgrund der mangelnden Sicherheit ständige Hilfe haben wollen, womit wiederum die Bildung des Selbstvertrauens aufgrund eines positiven Körpergefühls und die Autonomieentwicklung ungünstig beeinflusst werden kann. Oft verlieren die Kinder dann die Lust an der Bewegung und die Freude an aktiver Auseinandersetzung mit der Umwelt.[7]

Die Gefahr der Überforderung und Behinderung durch „Förderung" besteht auch im Bereich des schulischen Lernens, wenn mit allen möglichen Förderprogrammen Lernprozesse forciert werden sollen, für die der/die SchülerIn weder die Reife noch die Motivationsgrundlage mitbringt!

Im Rahmen der psychomotorischen Förderung sollen lediglich Materialien bereitgestellt und Situationen geschaffen werden, die hohen Aufforderungscharakter haben und zu größtmöglicher Selbsttätigkeit anregen. Bei Säuglingen und schwerst Mehrfachbehinderten geschieht dies vor allem über einen Beziehungsdialog und in Alltags- und Routinesituationen wie Essen, Waschen und Körperpflege und Spielen.

Sachkompetenz durch Materialerfahrung und Sozialkompetenz durch Sozialerfahrung kann ein Mensch am besten anhand von Lernsituationen und Lernmaterialien des Alltags erlernen. Daher ist es gerade bei dem hier erwähnten Personenkreis wesentlich, keine „aufgesetzten" Spiele oder Therapien zu inszenieren. Wenn schwerst mehrfachbehinderte Menschen immer wieder in Alltagshandlungen und Spiele aktiv miteinbezogen werden, gibt es genügend Anlässe zum Lernen. Dabei ist aber wichtig, die jeweiligen Handlungen in einzelne Schritte zu zerlegen und klar zu strukturieren – im Unterschied zum Lernen bei nichtbehinderten Menschen.

Wichtig dabei ist, auf die Signale dieser Menschen zu achten, da die aktive verbale Sprache meist (noch) nicht vorhanden ist. Kommunikation vollzieht sich hier in erster Linie als sinnlicher Dialog über den Körper und dessen Möglichkeiten zur „Sprache" (Tonus, Atmung, Mimik, Stimme usw.), AUCOUTURIER bezeichnet die körperliche Ausdrucksfähigkeit als somatische Expressivität.

Wo es keine verbale Sprache gibt, „sprechen" körperliche Signale, die oft nur durch engen Kontakt spürbar werden.

„Wir bemerken dann sehr schnell, dass eine solche Begegnung zur sinnvollen Begegnung wird, dass sie Sinn macht, ja dass der Sinn von Begegnungen ist: die Anwesenheit eines anderen Menschen zu spüren. Der Dialog entsteht, ICH und DU sind für eine kleine Zeit gemeinsam mit etwas beschäftigt, es fasziniert uns: Die Wahrnehmung, die Bewegung, die Kommunikation schwingen sich ein, wir schaffen für eine kleine Zeit unser Biotop, d. h. den Ort des Lebens."[8]

IV. BEISPIELE

An dieser Stelle muss betont werden, dass hier keine „Rezepte" zur Förderung gegeben werden. Jede Kommunikation verläuft nach anderen Spielregeln und ist abhängig von den handelnden Personen. Es wurde zwar auf die Gemeinsamkeiten zwischen Säuglingen und schwerst Mehrfachbehinderten hingewiesen, im konkreten Dialog wird es aber doch viele Unterschiede geben (müssen).

Die Beispiele, die hier als „Förderansätze" beschrieben werden sollen, stammen aus dem Alltag und sind jedem, der mit anderen Menschen zu tun hat, vertraut. Es wurden deshalb so scheinbar banale Beispiele gewählt, um aufzuzeigen, wie selbstverständlich der psychomotorische Ansatz auch im Alltag ist – diese Tatsache ist nur meist nicht bewusst.

1. Beispiel für eine „psychomotorische Förderung" auf der körpernahen, basalen Ebene: **das Trösten**

In Situationen der großen Not oder Trauer sind auch Erwachsene anlehnungsbedürftig und fühlen sich zurückversetzt auf eine bereits überwundene Entwicklungsstufe. Die normale Reaktion der vertrauten Bezugspersonen ist es, Trost durch Nähe und Körperkontakt zu spenden. Dabei werden die körpernahen Sinne angesprochen:

Durch das Kuscheln, Halten und Umarmen der Hautsinn, durch das Hin- und Herwiegen der Gleichgewichtssinn und durch die Stimme, die in dieser Situation etwas tiefer als sonst klingt und vibratorische Schwingungen von Körper zu Körper verursacht, der gesamte Körper. Dazu kommen noch die Körperwärme, die rhythmische Atmung und der Herzschlag, die – und sei es nur unbewusst – Erinnerungen an die sichere Geborgenheit der frühesten Kindheit wach werden lassen.

Diese Haltung beim Trösten nehmen Menschen völlig automatisch ein, ohne dahinter ein besonderes therapeutisches oder pädagogisches Konzept verfolgen zu wollen! Und doch ist es eine geeignete Art, den/die PartnerIn zu unterstützen und ihm/ihr wieder zu einem sicheren und angenehmen Körpergefühl zu verhelfen.

2. Beispiel einer „psychomotorischen Förderung" auf der basalen, körpernahen Ebene: **das Bauch-Pruste-Spiel**

Die Szene ist allgemein bekannt und häufig während oder nach der Körperpflege zu beobachten: Bezugsperson beugt sich über den Bauch des Babys, legt den Mund dicht an Babys Körper und prustet fest los; Baby kreischt vor Freude, Bezugsperson macht weiter. Dazwischen entfernt sie sich, Baby signalisiert, dass es weiter beprustet werden möchte, Bezugsperson beginnt von vorne.

Neben dem vibratorischen und somatischen – und wenn das Baby dabei hin- und herbewegt wird, auch noch einem vestibulären – Körpererlebnis bietet diese Situation die Möglichkeit für einen wechselseitigen, sinnlichen Dialog zwischen zwei aktiven Partnern.

3. Beispiel einer „psychomotorischen Förderung" auf der basalen, körpernahen Ebene: **Tragen als natürliche Frühförderung**[9]

Getragen werden bietet eine Menge an Bewegungserfahrungen und basaler Stimulation, aber auch die Möglichkeit zur Kommunikation. Dies erfolgt über vestibuläre

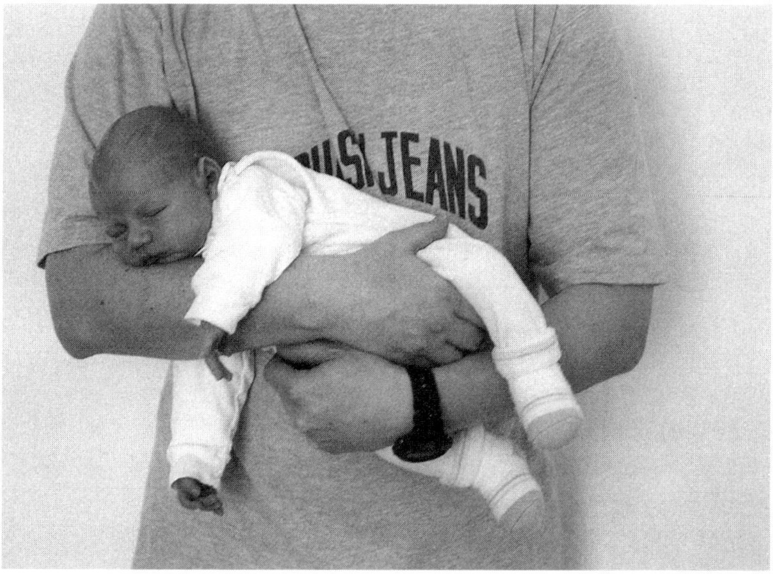

Das Tragen als natürliche Förderung der basalen Körpersinne und der Beziehung

Bewegungsreize, über den Hautkontakt (somatische bzw. taktile Reize), über die Stimme und deren Vibrationen ebenso wie über das Spüren der rhythmischen Atmung und des rhythmischen Herzschlags, aber auch über Geruch und Blickkontakt.

Auch hier haben die handelnden Personen meistens kein ausgeklügeltes Konzept im Sinne. Dass Babys getragen werden, ist vor allem bei vielen Naturvölkern eine Selbstverständlichkeit und fördert gleichzeitig die wichtigen basalen Körpersinne sowie die Beziehung und die dialogischen Fähigkeiten.

4. Beispiel einer „psychomotorischen Förderung" auf der basalen, körpernahen Ebene: **Pflegesituation**

Aktivitäten und verschiedene Materialien beim Wickeln, Baden und Waschen vermitteln dem Körper vielfältige somatische, taktile, vestibuläre Reize, die Informationen über den Körper geben und so zum Aufbau des Körperschemas beitragen. Die Pflegehandlungen dürfen jedoch nicht den Charakter von Manipulationen haben, sondern müssen dem dialogischen Prinzip folgen und damit kommunikationsfördernd sein. Der Säugling, der/die Schwerstbehinderte, der/die KomapatientIn u. a. werden dabei möglichst intensiv eingebunden.

Wärme, Wasser, Hautkontakt – die Pflegesituation als wohltuende Körpererfahrung

Berührungen, Aktivitäten und Lageveränderungen werden verbal begleitet und wo immer möglich vorher angekündigt, sodass sich der/die PartnerIn darauf einstellen kann. Die verwendeten Materialien (Seife, Schwämme und Bürsten unterschiedlicher Oberflächenbeschaffenheit etc.) werden beschrieben und vorsichtig am Körper „vorgestellt“.

Wo keine Sprache möglich ist, erfolgt die Kommunikation auf der nonverbalen Ebene. Körperliche Reaktionen geben über die Befindlichkeit Auskunft, motorische Aktivitäten (im Wasser leichter möglich) werden unterstützt, um dem Säugling bzw. Behinderten Erfolgserlebnisse zu ermöglichen (z.B. aus zufälligem Spritzen wird absichtliches und gezieltes). Sämtliche Signale müssen im Sinne des Dialogs und der Autonomieentwicklung ernst genommen und beantwortet werden.

Diese Beispiele ließen sich beliebig fortsetzen. Das Charakteristische daran ist das beabsichtigte oder auch unbeabsichtigte Ansprechen der wichtigen basalen Bereiche rund um und im Körper. Die Psychomotorik/Motopädagogik baut auf den Elementen der Körpererfahrung auf. In den weiteren Kapiteln dieses Buches wird immer wieder der Aspekt der Körpererfahrung betont werden, auch wenn Material- und Sozialerfahrung in späteren Entwicklungsabschnitten des Menschen wichtiger werden.

❖ ❖ ❖ ❖ ❖

1 Die Fachwelt ist sich bei der Benennung nicht ganz einig; neben dem Begriff "schwerst mehrfachbehindert" werden auch die Formulierungen "schwerstbehindert" oder "intensivbehindert" verwendet. Ich meine hier Kinder, die bis vor kurzer Zeit aufgrund des Schweregrades ihrer Behinderung z. B. von der Schulpflicht befreit wurden (sie wurden als "bildungsunfähig" bezeichnet!). Seit 1988 werden diese Kinder in Wien in basalen Förderklassen beschult.

2 Das apallische Syndrom (a. S.) beschreibt den Zustand nach der tiefen Bewusstlosigkeit. In der Phase des a. S. öffnet der/die PatientIn zeitweise die Augen, hat wenig Spontanbewegungen und Mimik, häufig Spastizität in den Extremitäten, kann Reize von außen nicht adäquat beantworten.

3 Bernard Aucouturier. In: Marion Esser (1995), S. 41

4 Andreas Fröhlich, Sinn-los sinn-lich. In: W. und W. Doering u. a. (1996), S. 29

5 Andreas Fröhlich. In: Behinderte 3/1995, S. 22

6 Marianne Frostig. In: Doering/Doering (1990), S. 209

7 Emmi Pikler (1988), S. 116 ff.

8 Andreas Fröhlich. In: W. und W. Doering u. a. (1996), S. 34

9 Evelin Kirkilionis. In: Psychomotorik 1/1995, S. 32 ff.

Thomas Schätz, Hannes Wendy

„Ich kann das auch“ Psychomotorik in der Familie

Ich träume davon,
dass Kindsein ein Fundament ist,
auf dem ein helles, festes Haus entsteht,
mit vielen offenen Augenfenstern
und einem Tor, das ohne Ängste
unverschlossen bleiben kann.

Bibiane Zeller

I. EINLEITUNG

Der Familie als primäre Umwelt, in der Kinder aufwachsen und Erfahrungen sammeln, kommt eine entscheidende Bedeutung hinsichtlich der kindlichen Entwicklung zu. Gerade in den ersten Lebensjahren stellen die Eltern auch den wesentlichsten Einflussfaktor für die Gesamtentwicklung dar. Die Auswirkungen einiger Einflussfaktoren auf das Bewegungsverhalten und die Bewegungsentwicklung werden im Folgenden näher betrachtet.

II. KINDSEIN IST SCHWER IN ENGEN RÄUMEN

„Die sollen sich nur richtig austoben“, ist eine vorherrschende Sichtweise von Eltern bezüglich kindlicher Bewegung. Dabei soll dieses „unbändige“ Bewegungsbedürfnis möglichst gestillt werden, um sich anschließend wieder wichtigeren Aufgaben zuzuwenden.

Wenn Bewegung erlaubt wird, dann unter dem Aspekt der körperlichen Leistungsfähigkeit, zur Steigerung von Kraft und Ausdauer, Geschicklichkeit, zum Erlernen der motorischen Grundfertigkeiten wie Stehen, Gehen, Laufen oder aus gesundheitlichen Gründen.

Dass der Bewegung neben diesen körperlich-motorischen Dimensionen auch noch eine persönlichkeitsbildende Funktion zukommt, wird leider zu oft vergessen bzw. überhaupt nicht berücksichtigt. Zu Persönlichkeitsentwicklung und -bildung kommt es durch die Unterstützung der intellektuellen, sozialen und emotionalen Entwicklung des Kindes. Gerade diesem Zusammenhang zwischen körperlich-motorischen und geistig-seelischen Prozessen in der Entwicklung widmet sich die Psychomotorik.

Zwei der häufigsten Faktoren, warum Kinder ihre Bewegungsbedürfnisse in der für sie notwendigen Form nicht befriedigen können, sind:

- die Einengung der kindlichen Bewegungsräume
- die Gleichgültigkeit Erwachsener gegenüber der Bewegungsentwicklung der Kinder.[1]

III. AUF ALLEN VIEREN DURCH DIE WELT

Wenn Eltern ihr Kind beobachten, gehören die Momente, wo das Kind zu **kriechen**, zu **krabbeln** oder zu zu **gehen** beginnt, zu den spannendsten in der frühen Bewegungsentwicklung. Bei genauer Beobachtung kann man aber feststellen, dass das Kleinkind bereits beim **Spielen am Boden** zu immer komplexerem Bewegungsverhalten angeregt wird, wie zum Beispiel zum **Rollen**, zum **Drehen** und zum **Sich-Aufsetzen**. So durchläuft es seine natürliche motorische Entwicklung zum späteren Erlernen seiner motorischen Grundfertigkeiten.

Die erste und einfachste Fortbewegungsform ist das Kriechen auf dem Bauch, auch Robben genannt. Diese Übung ist uns auch als militärische Bewegungsart bekannt. **Kriechen** ist eine ideale Vorbereitung auf das Krabbeln. Hier kann das Kind bereits gegebene unterschiedliche **Bodenbeschaffenheiten ganzkörperlich** erspüren. Ein glatter, kalter Fliesenboden schafft zweifelsfrei ein anderes Empfinden als ein wohlig warmer Teppichboden; ein Kunststoffbelag oder Parkettböden bieten wiederum qualitativ andere Reize, die nun als eher angenehm oder als eher unangenehm erlebt werden können. Beim späteren **Krabbeln** erlebt das Kind die verschiedenen **Bodenqualitäten** noch **intensiver mit seinen Händen**, was eine wichtige Voraussetzung für die Handgeschicklichkeit und im Schulalter für die Graphomotorik darstellt.

So sollte überall, wo sich kleine Kinder bewegen, viel freie Fußbodenfläche vorhanden sein, und zwar nicht zu kalte oder zu glatte Böden, um das Kind zu Bewegungen auf allen vieren anzuregen. Spielzeug sollte offen zugänglich sein, um das Interesse zu wecken, auf „Abenteuerreise" zu gehen – die neue Welt spielerisch zu entdecken, zu erfahren und zu begreifen.

Weil das Robben sehr viel Kraft verlangt und für das Kleinkind genauso wie für den Erwachsenen unbequem ist, kommt das Kind bald auf die Idee, sich auf Arme **und** Knie zu stützen. Kommt das Kind in diesem **Vierfüßlerstand**, in dem der Rumpf mit der Unterlage nicht mehr in Berührung steht, in Bewegung, sprechen wir vom **Krabbeln**.

Neben der Möglichkeit, sich zunehmend schneller und sicherer fortzubewegen, ist das Krabbeln eine gute **Gleichgewichtsübung**. Der Schwerpunkt liegt tiefer als beim Stehen, und die Gewichtsverlagerung kann relativ sicher von den Armen auf die Beine und von einer Seite auf die andere erfolgen – es sind das außerdem erste rhythmische Bewegungen des ganzen Körpers. Das Krabbeln ist somit eine natürliche Vorbereitung auf den aufrechten Gang, weil das Gleichgewicht ohne Hilfe von außen und völlig selbsttätig ausgebildet wird. Geeignete Anregungen und Gestaltungsmöglichkeiten können hier kleine Hindernisse am Boden im Raum sein, die überwunden werden müssen, um vorwärts zu kommen. Kleine Matratzen oder Pölster sind hierfür ideal geeignet. Damit wird es dem Kind möglich, sich selbst aus der relativ sicheren und stabilen Position auf allen vieren aus dem Gleichgewicht zu bringen und sich seitlich umfallen zu lassen – ein Spiel mit dem Gleichgewicht, das durchaus sehr lustvoll erlebt werden kann. Ebenso kann aus Pölstern und einer Decke ein kleiner Berg gebaut werden, den das Kind erklettert. So werden auf ganz unkomplizierte Weise Möglichkeiten geschaffen, unterschiedliche Raumebenen zu erfahren und zu erkunden.

Zudem ist das Krabbeln die erste **heterolaterale Bewegungsform** des Kindes, d. h. dass rechte und linke Körperseite gegengleich bewegt werden. Dies schult einerseits die **koordinativen Fähigkeiten** des Kindes und bewirkt andereseits ein sehr differenziertes **Zusammenspiel der rechten und der linken Gehirnhälfte**, was vor allem für die weitere motorische wie auch intellektuelle Entwicklung von großer Bedeutung ist.

Manche Kinder „überspringen" das Stadium des Krabbelns, sie wollen nicht krabbeln und wehren sich sogar. Die Ursachen hierfür bleiben meist ungeklärt.[2] ÄrztInnen und EntwicklungspsychologInnen sind sich aber darüber einig, dass das nicht unweigerlich zu späteren Störungen (z. B. Schwierigkeiten bei der Raumorientierung) führen muss, jedoch wird von diesem Zusammenhang berichtet.

Vieles, was für Erwachsene selbstverständlich erscheinen mag und worüber sie nicht mehr nachdenken, ist für Kinder oft ein langer und scheinbar mühevoller Weg des Lernens, aber gewiss auch eine lustvolle Reise des entdeckenden Erlebens. Im wahrsten Sinne des Wortes ziehen sie langsam an der Decke des Geheimnisvollen, um ihr aktuelles Rätsel zu lüften. Vielleicht ist es hier und da notwendig, ihnen dabei zu helfen – die „Hauptdarsteller" bleiben aber immer die Kinder.

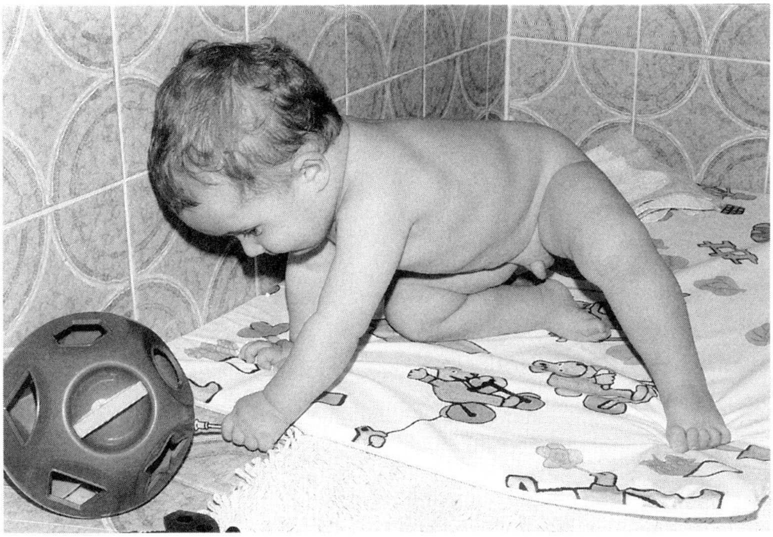

Auf allen vieren in die Welt: Krabbeln als erste Koordinationstätigkeit und als frühe Form sich auf selbsgewählte Ziele zuzubewegen.

IV. FÖRDERUNG DER HANDLUNGSKOMPETENZ

Welche Möglichkeiten gibt es, Situationen in der Familie zu schaffen, die kindliche Bewegung unterstützen?

Die kindliche Lebensumwelt hat sich im Zuge der steigernden Technisierung und Motorisierung entscheidend verändert. Die elterliche Wohnung als erster Erfahrungs- und Bewegungsraum der Kinder wird dem kindlichen Forschungs- und Bewegungsdrang oft nicht gerecht. Geplant und gebaut unter hauptsächlich ökonomischen Gesichtspunkten, steht Kindern eine zu geringe bespielbare Fläche zur Verfügung. „Räumliche Enge verhindert die volle Entfaltung der kindlichen Persönlichkeit, da das Kind in seiner Auseinandersetzung mit der Umwelt, im Umgang mit Dingen und Sachverhalten nicht die Möglichkeit hat, die für seine Entwicklung notwendigen Wahrnehmungs- und Bewegungsmuster zu erwerben und Erfahrungen zu sammeln. Damit ist die Lernfähigkeit des Kindes von seiner Wohnumwelt abhängig.“[3]

Auch die Zimmeraufteilung und die Zuordnung der kindlichen Aktivitäten zu den einzelnen Räumen kommt dem kindlichen Forschungsdrang nicht entgegen. So ist es vielen Kindern nur in den eigentlichen Kinderzimmern (meist der kleinste Raum in der Wohnung) gestattet, zu spielen.

Somit kommt es neben der räumlichen Trennung auch zu einer Trennung der Tätigkeitsbereiche zwischen Kindern und Erwachsenen. Kinder spielen und agie-

Mama, Papa, ich helf euch in der Küche!

ren in den dafür vorgesehenen Räumlichkeiten, jedoch gerade das Teilhaben an der Erwachsenenwelt bringt viele Erfahrungs- und Lernmöglichkeiten für Kinder.

Durch dieses Erleben kommt es in weiterer Folge zum Verstehen der Handlungen und der Sicherheit, sie selbst auszuführen.

Kurz: **Das Miteinbeziehen des kindlichen Spiels und dessen Bewegungen in den Lebensalltag der Familie bietet den Kindern die Möglichkeit, Prozesse und Abläufe des Alltags direkt und mitgestaltend zu erleben.**

Ein weiterer Grund für die Verbannung der kindlichen Aktivitäten in das Kinderzimmer, ist die Sorge der Eltern bezüglich der Wohnungseinrichtung. Oft ist die Gestaltung der Wohnung stark beeinflusst durch elterliches Prestigedenken, welches dem kindlichen Bewegungsverhalten nicht entgegenkommt. Dabei ist es möglich, durch einige Veränderungen den natürlichen Bewegungsdrang gerade jüngerer Kinder zu unterstützen. Da vorerst fast alles die kindliche Neugierde weckt, ist es günstig, wertvolle Gegenstände aus dem Tätigkeitsfeld der Kinder zu entfernen. Einige Pölster und kleinere Matratzen regen zum Klettern, Kriechen, in weiterer Folge zum Springen und Hüpfen oder zum Bauen an. Schachteln und Kisten fordern zum Hineinkriechen, sich Verstecken, zum Schieben und Ein- und Ausladen auf. Ein gehobeltes Brett kann als Balanciersteg oder in ein Türreck eingehängt als Rutsche verwendet werden. Ein Tau oder eine Schaukel an der Decke befestigt, bietet die Möglichkeit, auf unterschiedlichste Arten und Weisen zu schaukeln.[4]

Der Wohnung als direktem Lebensraum der Kinder kommt heute eine größere Aufgabe bezüglich Erfahrungs- und Gestaltungsraum zu, da sich andere Räume

So einfach ist es möglich, eine Wohnung kindgerecht zu gestalten.

immer spezifischeren Tätigkeiten und Möglichkeiten widmen. So ist es für Kinder kaum mehr möglich, an ungestalteten, ohne eine direkte Funktion besetzten Plätzen, selbstbestimmten Aktivitäten nachzugehen. Spielplätze sind oft mit monofunktionalen Geräten ausgestattet, von den umliegende Gebieten getrennt, und bieten wenig Anlass für gestalterische, nach eigenen Ideen ablaufende Handlungsprozesse. Bewegen und Spielen findet hier unter ständiger Aufsicht von Erwachsenen statt, die oft ein selbsttätiges und selbstbestimmtes Agieren aufgrund von elterlichem Ehrgeiz oder Vorsicht verhindern. Zusätzlich ist das Erreichen von Bewegungsplätzen (Spielplätze, Sportverein, Park mit Basketball-Anlage, . . .) nur mit Hilfe der Eltern möglich, da es sonst ein zu großes Sicherheitsrisiko, vor allem für jüngere Kinder, darstellt. Somit kommt es zu einer notwendigen Planung der Bewegungszeit, die sich nicht nur nach den kindlichen Bedürfnissen richtet, sondern auch abhängig ist von Faktoren wie **Zeit und Motivation der Eltern.**

Eine weitere entscheidende Ursache, die Kinder in ihrem für die Entwicklung notwendigen Bewegungsdrang einschränkt, ist die elterliche Einstellung punkto Erziehung und deren Normen und Werte, die sie auf ihre Kinder übertragen. Viele Einschränkungen, die Kindern von Seiten der Eltern auferlegt werden, basieren auf einer Unkenntnis der entwicklungspsychologischen Bedeutung kindlicher Bewegung und den daraus resultierenden Folgen. Häufig beruhen diese Einschränkungen auch auf unreflektiert übernommenen vorherrschenden Erziehungszielen. So werden Bewegungsabläufe oft seitens der Eltern unter- oder abgebrochen, weil sie aus deren Sicht zu laut sind, dabei die Kleidung schmutzig wird, zu viel Zeit verloren geht oder sie zu gefährlich sind. Oft sind diese Ge- und Verbote gekoppelt mit einer Geringschätzung des Spiels und der Meinung, dass die Kinder dabei nichts lernen und sich „nur austoben“. Dass die dabei ablaufenden grundlegenden Denk- und Lernprozesse Voraussetzung sind für das Verstehen komplexerer Handlungen, ist den Eltern dabei oft nicht bewusst.

Ständiges Einschränken der kindlichen Bewegungsmöglichkeiten hemmt die Selbstständigkeitsentwicklung der Kinder und unterdrückt die Spontaneität und den Ideenreichtum, der den Kindern natürlich innewohnt.

Den eigenen Vorstellungen der Kinder sollte Raum und Zeit zur Verwirklichung gegeben werden und die Eigenständigkeit in der Bewegungsausführung im Vordergrund stehen. Dabei wird ein wichtiger Beitrag zur Selbstständigkeitswerdung geleistet. Einige konkrete Vorschläge für das Agieren der Eltern bei gemeinsamen Spiel- und Bewegungssituationen macht Renate Zimmer:[5]

- Störe das Kind nicht bei einer augenblicklichen Tätigkeit, die es sich selbst ausgewählt hat.
- Unterbrich die intensive Beschäftigung auch dann nicht, wenn du selbst noch eine viel bessere Idee hast. Zeig nicht gleich, wie man es „richtig“ macht.
- Gib nur dann Hilfe, wenn das Kind danach verlangt oder auf unüberwindbare Schwierigkeiten gestoßen ist; führe dabei die begonnene Handlung des Kindes nicht einfach selbst zu Ende, sondern unterstütze es so, dass es das Problem selbstständig bewältigen kann.
- Lass dich vom Kind leiten, was das Kind zeigt, und zeig nicht umgekehrt dem Kind, was es alles beherrschen oder können könnte.

Es ist sehr interessant, welche Ideen und Spielvorschläge Kinder haben, die für uns Erwachsene vorerst ein wenig befremdend wirken, aber wenn es uns gelingt, uns darauf einzulassen und die „Spielanleitung“ den Kindern zu überlassen, haben wir die Möglichkeit, uns für kurze Zeit in die Fantasiewelt der Kinder zu begeben.

❖ ❖ ❖ ❖ ❖

1 Vgl. Scheid/Prohl 1988
2 Vgl. Holle 1996
3 Schick 1981
4 Vgl. Zimmer 1993, Scheid/Prohl 1988
5 Vgl. Zimmer 1993

Burgi Zeitlinger

Psychomotorik mit Vorschulkindern – ein Fallbeispiel

Erziehung kann nicht gelernt werden.
Erziehung ist Gabe und Gnade.
Der Anfang aller Erziehung heißt:
Zeit haben für das Kind,
viel Zeit haben für das Kind,
mehr Zeit haben für das Kind
als für sich selbst.
Das gilt nicht nur für die Mutter.

Karl Heselbacher

I. EINLEITUNG

In meiner Arbeit als Logopädin und Psychomotorikerin in Linz habe ich hauptsächlich mit Kindern im Alter zwischen 3 und 6 Jahren zu tun. Die Kinder kommen zu mir, um Sprachförderung, Sprachdiagnostik oder bewegtes Lernen zu erleben. Aus den Erfahrungen meiner Arbeit habe ich zwei Beispiele ausgewählt, die meine Sicht der Problematik mit Kindern in diesem Alter und mit der Thematik Psychomotorik in Anwendung sehr stark verdichtet darstellt. Im fünften Teil des Artikels finden Sie einige Ideen für psychomotorisches Spielen und Verhalten mit Kindern im Vorschulalter.

II. DIE GESCHICHTE VON TINA

Annehmen und motivieren

Tina ist ein glückliches Kind. Sie kann ihrer Mama alles erzählen. Ihre Mama hört ihr zu, nimmt sie in den Arm, streichelt sie. Ihre Mama versteht ihre Träume, die Wunderwelt, ihre Ängste, und mit ihrer Mama kann sie auch Sandburgen bauen, einen Hang hinunterrollen und durch hohes Gras laufen. Für sie ist das Leben ganz einfach. Sie weiß, ist man traurig, darf man weinen, ganz laut oder ganz leise, man wird getröstet; ist man glücklich, darf man hüpfen, singen, rufen, lachen – laut oder leise –, und die Mama freut sich mit. Sie weiß, auch wenn sie oft nicht alles bekommt, was sie gerade möchte, wenn sie nicht sofort beachtet wird, wenn ihr nach der Aufmerksamkeit der Mutter zu Mute ist, dass sie trotzdem immer geliebt wird. Auch als sie hässlich war von den vielen Schafblattern, ging ihre Mama nicht fort. Ihre Mutter überlegt immer ganz genau, ob sie ein Verbot aussprechen kann oder was sie von Tina fordern kann. Schafft Tina manchmal etwas nicht allein, dann hilft ihr die Mama und motiviert sie, weiterzumachen, bis die ihr gestellte Aufgabe erfüllt ist.

Sich Zeit nehmen für das Kind . . .

Grenzen setzen, sich selbst schätzen

Ihre Mutter besteht aber auch strikt auf der Einhaltung von ihr gesetzter Grenzen, beide schaffen Strukturen für ihr Zusammenleben, und es ist sehr angenehm, nicht jeden Tag neu überlegen zu müssen, darf ich das oder ist das heute nicht erlaubt. Sie weiß, auch wenn sie sich von zu Hause fortwagt, zu Freunden, zu Verwandten, dass sie immer wieder nach Hause geholt wird.

Neugier und Urvertrauen

Tina besitzt bereits ein starkes Selbstvertrauen.

Nun ist Tina schon vier Jahre alt, und sie braucht zum Wohlfühlen die Mama nicht ständig um sich. Sie durfte in ihrer Entwicklung erfahren, ich bin nicht allein, und darum ist es auch nicht schlimm, wenn ich mich über meine Grenzen wage. Tina findet Freude daran, ihre Grenzen ständig zu erweitern, und sie kann kleine Misserfolge mühelos wegstecken. Sie kann sich selbst und ihre Fähigkeiten richtig einschätzen. Tina will ständig Neues entdecken, experimentieren, mit sich selbst, mit immer neuen Materialien, und auch ausprobieren, wie ist das mit den anderen. Jetzt lockt nicht mehr nur der Sandhaufen vor der Tür, sondern ihr Handlungsspielraum erstreckt sich bereits bis nach hinter den Bäumen, auf denen sie mutig herumklettert, bis hin zu den neuen Nachbarn – ihre Mama ist mächtig stolz auf ihre Tochter. Der Sprung zu ständig Neuem macht Tina zu einem aufgeweckten, wissbegierigen, sich selbst-bewussten Mädchen. So ist auch der Eintritt in den Kindergarten mit den neuen Strukturen für sie nicht mit Problemen behaftet.

Ein Kind, das mit Urvertrauen ausgestattet ist, dessen Bedürfnisse in der frühen Kindheit ausreichend befriedigt wurden, das in tiefer Geborgenheit seine Bewegungserfahrungen machen konnte, eine stabile, feste Bindungsfähigkeit erwerben konnte, wird von sich aus bestrebt sein, sich immer wieder auf die Suche nach Neuem zu begeben, das heißt auch, Leistungen zu erbringen.

Den Handlungsspielraum erweitern und mit Nachbarskindern spielen

III. DIE GESCHICHTE VON PAUL

Harmonie und Geborgenheit

Anders als Tina geht es Paul. Paul ist ebenfalls vier Jahre alt, schaut mit seinen blauen Augen und dem blonden Wuschelkopf aus, als könnte er kein Wässerchen trüben, hat aber im Kindergarten die Geduld so mancher Kindergärtnerin bereits auf harte Proben gestellt. Ihm war es von frühester Kindheit an nicht vergönnt, in einer harmonischen Beziehung aufzuwachsen. Pauls Eltern waren bei seiner Geburt noch sehr jung. Eigentlich war er noch kein Wunschkind. Die Familie lebte auf engstem Raum, und das Weinen Pauls weckte sehr bald die Aggressionen des Vaters und den Unmut der Mutter. Die Bedürfnisse des Babys nach Harmonie, Wärme, Ruhe und Geborgenheit konnten nur teilweise erfüllt werden. Zu oft wurde gestritten, lief laut der Fernseher, zu lange waren die Zeiten, in denen der kleine Junge sich selbst überlassen war, mit nassen Windeln, ohne Wärme, ohne den Herzschlag und den Duft seiner Mama, ohne ihre Stimme, ohne Reaktion auf sein Schreiweinen.

„Lass das, pfui!" „Gib die schöne Hand!" „Sei schön brav!"

Als Paul mit 16 Monaten endlich laufen lernte, war es ihm nicht vergönnt, aus seiner neuen Perspektive die Umgebung lustvoll zu erforschen. Ständig musste er hören: „Lass das, pfui", oder man schlug auf seine Hände. Seine Eltern waren entsetzt über das böse Kind, nichts war vor ihm sicher. Paul war kein fröhliches Kind. Wenn Besuch kam, war man nicht von ihm entzückt. Er gab die „schöne" Hand nicht her und der Tante kein Bussi. Er schlug wild um sich, wenn man ihm über die Haare streichen wollte. Wenn seine Eltern gemütlich plaudern wollten, hatte er ständig irgendwelche Wünsche oder er verschüttete sein Getränk. Er wurde nicht und nicht „sauber", man schämte sich seiner. Er beschäftigte sich auch kaum zweckgebunden mit seinen Spielsachen, was seine Umwelt ständig in helle Aufregung versetzte. Und überall hieß es – Paul zerstört alles. Er hatte Durchschlafprobleme und wollte ständig ins Bett seiner überlasteten Eltern.

Endlich war er dann alt genug für den Kindergarten – die Eltern waren froh, ein wenig „Luft zu bekommen". Diese Hoffnung erwies sich bald als trügerisch, denn schon nach kurzer Zeit hieß es, Paul sei nicht kindergartenreif. Auch brüllte er bereits zu Hause, klammerte sich beim Fortgehen an allem fest und weinte lange noch in der Gruppe vor sich hin, er war ein Außenseiter.

„Nicht dumm, aber auch nicht interessiert“

Obwohl sein Aufgabenverständnis altersgemäß entwickelt war, führte er keine Anweisungen aus. Er spielte nur seine Spiele, nahm anderen weg, was ihm gefiel, begann zu brüllen, wenn er nicht alles bekam, kaute an den Nägeln, und wenn die Kindergärtnerin eine Geschichte erzählte oder mit den Kindern ein Lied sang, saß er meist unbeteiligt daneben und schaukelte mit dem Oberkörper vor und zurück, vor und zurück, ... Da er auch noch hin und wieder einnässte, war die Geduld der Kindergärtnerin bald erschöpft, und es wurde ein Gruppenwechsel vorgesehen. Es fanden immer wieder Gespräche mit den Eltern statt, in denen sie meist jede Schuld am Problemverhalten des Kindes von sich wiesen. Auch eine Psychologin wurde beigezogen, die ihrerseits versuchte, den Eltern eine andere Sichtweise ihrer Erziehungssituation zu vermitteln. Außer heftigem Groll nahmen die Eltern nichts mit nach Hause. Die neue Kindergärtnerin war strenger als die vorherige, die Paul meist hilflos gewähren ließ. Sie versuchte mit Konsequenz, ihn in die Gemeinschaft einzugliedern.

Doppelbotschaft

In dieser Gruppe gab es eine Hängematte, in der Paul endlos schaukelte. Paul wurde auch etwas ruhiger, und eines Morgens geschah es, dass Paul zur Kindergärtnerin lief und ihr zeigte, dass er erstmals seine Patschen alleine angezogen hatte. Die Kindergärtnerin lobte ihn, befahl ihm aber sogleich, sie wieder auszuziehen und nochmals zu probieren, da sie verkehrt an den Füßen steckten. Paul warf die Patschen weg, verkroch sich in der Hängematte und schaukelte.

IV. FÖRDERUNG DER HANDLUNGSKOMPETENZ

Erster Kontakt mit Paul

So lernte ich Paul kennen. Ich hatte die Möglichkeit, gleich am Morgen mit einer Kindergruppe zu arbeiten. Da mir Paul schon als dringender „Fall“ ans Herz gelegt worden war, beobachtete ich ihn vorerst in der Gruppe. Die Schilderungen der Kindergärtnerin bestätigten sich. Paul hatte große Probleme in seinem Sozialverhalten, Störungen in seiner motorischen Entwicklung, starke Wahrnehmungsdefizite und eine Verminderung der sprachlichen Ausdrucksfähigkeit.

Ich stellte fest, dass sein Grundtonus eher hypoton ist. Dadurch fällt es ihm schwer, verschiedene Bewegungen und Positionen einzunehmen. Alle Spiele und Übungen, bei denen er gegen die Schwerkraft eine Spannung aufbauen muss, fallen ihm schwer. Die Handdominanz ist noch nicht eindeutig. Paul wirkt beim Malen eher steif und ungezielt. Er kann das Blatt mit der zweiten Hand nicht festhalten. Der Schreibdruck ist leicht. Paul sitzt nicht beim Tisch, er hängt, zappelt herum und ist extrem unruhig, er liegt teilweise unter der Bank. Bei Bewegungen im großen Raum ist er ebenfalls sehr ungezielt. Das Spüren von Gegenständen ohne Sicht gelingt nur schwer. Paul greift nicht fest zu, dreht die Gegenstände nicht, dadurch bekommt er auch zu wenig Information. Ihm fällt jegliche Bewegungsplanung schwer. Er braucht lange für die Umsetzung von Bewegungsaufträgen. Vor allem Bewegungen für Richtungswechsel im grob- wie feinmotorischen Bereich kann Paul nicht genau steuern.

Kooperation mit vielen Stellen

Mit der Kindergärtnerin bespreche ich, welche Fördermaßnahmen im Gruppengeschehen eingesetzt werden können. Wir einigen uns, dass Paul ab jetzt einen Sitzball verwenden kann. So ist es ihm möglich, bei Beschäftigungen am Tisch seinen gesamten Körper zu bewegen, er kann sich dabei immer gut spüren und erhält so ständig Information über seine Raum-Lage. Dadurch baut sich eine bessere Muskelspannung auf, er kann so konzentrierter am Tisch arbeiten und kann so auch exakter be-greifen, und verarbeiten. Die Eltern sind mit dem psychomotorischen Konzept einverstanden, vorausgesetzt, dass ihnen keine Zusatzbelastung in finanzieller wie auch zeitlicher Hinsicht angelastet wird.

Förderplan und Bewegungsspass

Für Paul erstelle ich also einen Förderplan, in dem ich schrittweise seine Kompetenzen im Selbsterfahrungs-, Materialerfahrungs- und Sozialerfahrungsbereich erweitern will.

So beginne ich also mit meiner neuen Gruppe, bestehend aus acht Kindern, drei Mädchen – darunter Tina, bei der kein Förderbedarf vorlag, deren Mutter aber meinte, dass alles, was ihrem Kind Spaß machen würde, nur förderlich für ihre Gesamtentwicklung sein könnte – und fünf Jungen, darunter Paul.

Bevor ich die Kinder hole, gestalte ich in einer Ecke des Raumes einen gemütlichen Sammelplatz mit einem Teppich und mehreren Kissen. Als alle Kinder um mich versammelt sind, knipse ich das Licht aus und sage den Kindern, sie sollen etwas suchen. Ich habe mittlerweile im Finstern ein großes Stück Plastikfolie mit winzigen Luftpolstern ausgebreitet und warte gespannt, was geschehen wird. Und da höre ich auch schon Rascheln und Kichern und das Platzen der Plastikblasen.

Das Prinzip meines Förderansatzes ist, Raum und Zeit zu geben, zusätzliche Freiräume für nicht ausgelebte Bedürfnisse zu schaffen.

Nach einer Weile rufen die Kinder nach mir – alle haben sich bei der Plane eingefunden. Ich knipsle auch noch ein wenig an der Plane und begrüße dann alle nochmals im Dunkeln. Dann fassen wir uns an den Händen und bewegen uns durch den dunklen Raum. Ich schalte meine Taschenlampe an, und wen ich beleuchte, dessen Name wird von den anderen Kindern gerufen. Dann erkläre ich, dass wir heute eine Reise machen werden, eine Reise durch den Dschungel. Nun darf ein Kind eine Eule sein, deren Aufgabe es ist, die anderen zu fangen. Die Eule steckt sich die Taschenlampe unter den Pullover und beginnt, gestärkt durch den gespenstischen Lichtschein unter dem Strickgewebe, die anderen zu fangen. Bis jetzt kann ich beobachten, dass Paul voller Begeisterung mitmacht. Nun plötzlich aber klammert er sich an mich und kaut an seinen Nägeln. Ich setze mich zu ihm auf den Boden und halte seine Hand. Nachdem die Eule alle gefangen hat, das heißt, alle auf dem Boden sitzen, drehe ich das Licht wieder an. Nun schalte ich fröhliche Musik ein. Die Kinder sollen überlegen, welches Tier sie sein möchten, dann sollen sie so richtig aufwachen und einen Morgenspaziergang beginnen. Bald ist unser Raum ein Tiergarten, und auch Paul springt einige Male zu den anderen, spielt kurz wilder Löwe und hüpfender Affe und kommt dann wieder zu mir zurück.

Vertrauensaufbau und Dschungelabenteuer

Anschließend versammeln wir uns wieder auf unserem Teppich, und nun soll die Reise durch den Dschungel beginnen. Vorher aber ist es wichtig, den Dschungel zu bauen. Ich öffne die Tür zum Geräteraum, in dem ich Schachteln, Kisten, Bretter und Seile vorbereitet habe. Und schon geht es los. Zuerst ein wildes Gerangel um einen bemalten Schlauch, als dann aber Tina mit Nachdruck und sehr bestimmt sagt: „Da drinnen ist Wasser", akzeptieren die anderen, dass sie ihn mitnimmt. Auch Paul läuft hin, nimmt sich ein Seil und schwingt es herum. Sehr bald entsteht eine wirklich abenteuerliche Landschaft. Jedes Kind erklärt nun, welches Tier es ist, und dann geht es mit einer Geschichte, die ich zu unserer Reise erzähle, so richtig los. Paul macht es sich inzwischen mit seinem Seil in einem Reifen, bequem. Er schaukelt darin hin und her. Erschöpft finden sich alle Kinder wieder auf dem Teppich ein. Jetzt ermuntere ich sie, zu erzählen, was sie erlebt haben. Paul sitzt noch immer in seinem Reifen, und auf einmal sagt er, dass er ein Löwenbaby ist. Alle lachen – ich gehe zu ihm hin und nehme seine Hand. Es hat sich bereits eine Vertrauensbasis zwischen mir und Paul gebildet, er hört auf zu schaukeln. Ich ermuntere die anderen Kinder, das Löwenbaby zu streicheln. Wir sitzen einfach da, rund um Paul, und alle sind zufrieden, manche legen sich nun über den Reifen, ganz dicht zu Paul. Er aber sitzt mittendrin und strahlt.

Experimente und Ereignisse

Nun ist auch schon das Ende der Stunde gekommen, wir verabschieden uns, nur Paul will nicht aus dem Schlauch. Wir nehmen den Schlauch mit in die Gruppe. In den folgenden Stunden gelingt es immer häufiger, Paul in das Geschehen miteinzubeziehen. Da sich Paul, wie bereits erwähnt, an seinem Körper nur teilweise zurechtfindet, arbeite ich viel mit basaler Stimulation. Am meisten Spaß hat Paul an den Spielen mit Rasierschaum. Anfangs schmiert er überall damit herum, dann bemalt er sich selbst und anschließend beginnt er sogar so wie die anderen, auch auf die Wand zu malen. Am Ende dieser Stunde darf jedes Kind ein anderes bemalen. Da alle die Badesachen anhaben, wählen die Kinder ihre Rücken als Zeichenfläche. Auch Paul macht voll Begeisterung mit. Dieser wechselseitige sinnliche Dialog zwischen zwei aktiven Partnern, dieses Spiel auf der körpernahen basalen Ebene hilft Paul, angestaute Gefühle zu verarbeiten, sich selbst bewusster zu werden, die Grenzen zu anderen zu öffnen und sich Gutes tun zu lassen. Nachdem alle Rücken zu tollen Bildern geworden sind, legen sie sich auf den Teppich, und ich mache ein Foto. Anschließend gehen wir mit dem Foto durch die Gruppenräume und zeigen allen die Bilderausstellung. Paul ist ganz aufgeregt, als er seiner Mama das Bild zeigt.

Großräumige Schmierbewegungen als Grundvoraussetzung für kleinräumige Schreibbewegungen

Ratschläge oder Normalitäten

In Gesprächen mit seinen Eltern versuche ich, ihnen den Sinn unserer Spiele zu erklären. Ich gebe ihnen Ratschläge, wie sie Paul zuhause verschiedenste Wahrnehmungsbereiche vermitteln können. Nachdem die ersten Einwände der Mutter, sie habe zu wenig Zeit, das schaffe außerdem Unordnung, mache Lärm usw. besprochen worden sind und ihr die Dringlichkeit dieser Angebote auch im Hinblick auf den kommenden Schuleintritt klar geworden sind und sie außerdem verwundert und erstaunt war, dass Paul sich in einigen Situationen bereits ganz anders als früher, nämlich angenehmer verhält, erklärt sie sich bereit, mit mir zusammenzuarbeiten. Sie baut von nun an körperliche Nähe zu ihrem Kind auf. Wenn Paul in der Nacht kommt, trägt sie ihn zurück in sein Bett und kuschelt sich eine Weile zu ihm. Wenn er tagsüber seine Tobsuchtsanfälle bekommt, beginnt sie ihn zu streicheln und seinen Rücken zu massieren. Sie erzählt mir, Paul werde tatsächlich ruhiger und verlangt nach immer mehr. Sein Vater hat eingewilligt, eine Hängematte durchs Wohnzimmer zu spannen. Und nun liegen Vater und Kind darin, und die Mutter berichtet, sie habe ihren Mann singen gehört. Der Fernsehkonsum wird eingeschränkt, und da man mit Paul nun kooperativer ist, ist es auch möglich, etwas mit ihm zu unternehmen. Vater und Sohn beginnen unten am Bach aus Ästen und Steinen eine Brücke über den Bach zu bauen, und die Mutter ist ganz stolz, wenn Besuch kommt und Paul ruhig und manchmal schon ohne Nägelkauen auf ihrem Schoß sitzt. Die Leute loben Paul jetzt.

V. FÖRDERIDEEN UND BEISPIELE

Im Teamgespräch mit der Kindergärtnerin besprechen wir, dass Paul weiterhin die Möglichkeit haben soll, mit **Rasierschaum** zu hantieren, und sich mit **Fingerfarben** und **Knetmasse** zu beschäftigen. Vor allem sollen in der Gruppe auch mehr **nonverbale Tätigkeiten** angeboten werden. (Paul ist sprachlich noch immer auffällig.) Auch alle Formen der **Vertrauensspiele,** der Spiele zum Zweck des Aggressionsabbaus, der **Wahrnehmungs-, der Experimentierspiele,** Spiele zur Vertiefung seiner **Sozialerfahrungen** sollen vermehrt angeboten werden. Paul besucht nun auch eine Logopädin, und seine Mutter erzählt der Kindergärtnerin, sie gehe jetzt wieder halbtags arbeiten, da sie wieder Kraft für sich selbst habe. Sie sagt auch, dass Paul jetzt bereits mit Nachbarskindern spiele und dass sie mit ihm erstmals auf Urlaub fahren werden, da sie sich mit ihm jetzt nicht mehr schämen brauchen.

Zulassen, zuwenden, zuhören

Bei meinem letzten Treffen mit der Mutter erfahre ich, dass Paul jetzt immer mehr auch zuhause Erfolgserlebnisse vermittelt bekommt. Er darf sogar manchmal in der Wohnung mit **Wasser** spielen, beobachtet, was schwimmt und was untergeht. Wie sehen Steine aus, wenn sie trocken sind oder nass. Wie fühlen sie sich an, wenn sie mit **Hautcreme** eingerieben werden. Er darf im Wohnzimmer einen **Polsterberg** machen, hinaufklettern, herunterspringen, er rollt der Längsachse nach auf dem Teppich herum, er hilft der Mama beim **Kartoffelschneiden** und sie schimpft nicht mehr, wenn seine Stücke viel größer sind als ihre. Er bekommt als Belohnung immer öfter ihre liebevolle Zuwendung und erfährt immer beglückter, dass er für seine Eltern wichtig ist. Paul rollt sich in **Decken** ein und kriecht als Raupe herum. Er füllt **Polsterbezüge** mit alten Strümpfen, Kastanien, kleinen Bällen, aufgeblasenen Luftballons, Steinen, . . . und rollt darauf herum. Er bastelt mit seinen Eltern kleine Säckchen aus abgeschnittenen Strumpfhosen, füllt sie prall mit Sand, Reis und Watte und verwendet sie, um Klopapierrollen von einem Sessel zu schießen. Nach diesen Spielen liebt Paul es, mit einem kleinen Säckchen **massiert** zu werden. Ein Elternteil kniet neben dem auf einer Decke liegenden Kind und massiert die Arme, Beine, das Gesäß und den Rücken des Kindes mit kreisenden Bewegungen und leichtem Druck. Am Ende reckt und streckt sich Paul, öffnet die Augen und versucht sich selbst nun als Masseur für Mama oder Papa. Auch in der Badewanne wird nun nicht mehr nur der Schmutz abgewaschen, sondern lustig gespielt. Eine besondere Herausforderung ist es, den Druck eines Wasserstrahls aus einer **Spritzpistole** zu lokalisieren, vor allem wenn Paul die Augen geschlossen hat.

Wie schön ist es, die eigenen Wünsche mit denen des Kindes in Einklang zu bringen. Wie schön ist es auch, die Übereinstimmung von Vater und Sohn zu erleben. Die Mutter erteilt nun auch nicht mehr nur nach Stimmung und Laune Ge- und Verbote, sie achtet auf die Einhaltung einmal ausgemachter Regeln, und sie lässt es nicht mehr dabei bewenden, Verbote einfach nur so auszusprechen.

Paul wird es nun schaffen, sich aggressions- und angstfrei in die Welt hinauszuwagen. Nur wenn Paul nicht mehr ständig hört: „Lass das, das kannst du nicht und das darfst du nicht!“, aus Angst er könne sich verletzen oder vielleicht aus Bequemlichkeit, weil die „Hilfe“ kleiner Kinder oft mit Mehrarbeit verbunden ist, wird Paul immer neue Aufgaben bewältigen, und auch seine Hände werden immer geschickter werden, und sie müssen sich nicht mehr angstvoll im Mund verkriechen.

❖ ❖ ❖ ❖ ❖

Vera Stehno

„Können Zahlen fliegen lernen?“ Psychomotorik im Klassenzimmer

lechts und rings,
das kann man leicht
velwechsern

Ernst Jandl

I. EINLEITUNG

„Wia nemma mas denn?“ ist eine Frage, die sich unzählige LehrerInnen zu Beginn jedes Schuljahres stellen. Ganz besonders jene der 1. Schulstufen, denn vor ihnen sitzen bis zu 30 Kinder, die vor dem ersten Montag im September das 6. Lebensjahr abgeschlossen haben und damit nach dem Gesetz schulpflichtig sind. Vielleicht ist auch das eine oder andere Kind darunter, das seinen sechsten Geburtstag erst zwischen Schulbeginn und Weihnachten feiert und vorzeitig Aufnahme in die Schulpflicht gefunden hat. Dies bedeutet, dass die Altersspanne in einer 1. Klasse unter den „Schulneulingen“ bis zu 15 Monate betragen kann – was wiederum heißt, dass, entwicklungspsychologisch betrachtet, in einer solchen Klasse Kinder vom Kleinkindalter bis zur Schul-VOLL-Reife sitzen können. Die einzige Konzession, die das Gesetz bietet, ist, dass schulpflichtigen, aber noch nicht schulreifen Kindern ein Jahr der „Nachreifung“ in einer Vorschulklasse bzw. einem adäquaten Schulmodell gegönnt wird. Sobald alle Kinder einer Klasse den Entwicklungsschub vom Kleinkind zum Schulkind abgeschlossen haben, fällt die Altersdiskrepanz nicht mehr so ins Gewicht.

Im folgenden Artikel werde ich mich mit der Arbeit in der Grundschule mit Schwerpunkt Schuleingangsphase befassen, denn einerseits arbeite ich seit ca. 10 Jahren als Stützlehrerin im Grundschulbereich, und andererseits ist diese Zeit für die Persönlichkeitsentwicklung und das Lernverhalten im künftigen Leben besonders prägend.

II. PROBLEME BEIM SCHULSTART

Zurück zum ersten Schultag einer 1. Klasse. Dort sitzen, wie schon gesagt, bis zu 30 Kinder, jedes mit einer eigenen Geschichte, mit positiven und negativen Lebenserfahrungen, mit einer eigenen Vorbildung, mit Stärken und Schwächen, in einer besonderen Entwicklungsphase. Viele Kinder sind ganz allein und ohne vorherige Sozialkontakte zu anderen Kindern dieser Klasse, voller Bewegungsdrang. **Alle** sind mit einem durch das Lebensalter zwangsläufig hervorgerufenem **Lebensthema „Schule"** befasst, und jedes Kind ist neugierig, was denn auf es zukommt. **Neugierde** ist eine treibende Kraft, die sich bei entsprechender Pflege bis ins hohe Alter erhalten lässt und für das Lernen eine absolute Notwendigkeit ist – oder sehr schnell verkümmern kann!

Kurz gefasst hat die Schule nun die Aufgabe, diese Gruppe von Kindern mit unseren **Kulturtechniken** vertraut zu machen und sie zu **eigenständigem Handeln** anzuleiten.

Doch eigenständiges Handeln bedarf grundlegender Voraussetzungen:

1. Das ICH muss zu jedem Zeitpunkt des Lebens ein gutes Bild seines Körpers haben, um zielführend handeln zu können.

2. Umfassende Erfahrungen mit verschiedensten MATERIALIEN erleichtern die Lösung von Aufgabenstellungen und machen die individuelle Gestaltung der Umwelt möglich.

3. Allein zur Erhaltung der Spezies „Mensch" war der SOZIALE Kontakt schon immer von essentieller Bedeutung. Da Gesellschaft und Arbeitswelt zunehmend auf „Teamwork" ausgerichtet sind, gewinnt der soziale Bereich immer mehr an Gewicht.

ad 1. **Zum Erwerb der Kulturtechnik des Schreibens** braucht jeder Mensch ein genaues **verinnerlichtes Bild der Hand**. Ist dies gegeben, so kann sich der/die SchreiberIn voll auf den Inhalt konzentrieren. Ist dieses „innere" Bild der Hand zu undifferenziert, so braucht der/die SchreiberIn unbedingt die **Kontrolle** der Handführung **durch die Augen**, um die Schriftzeichen korrekt zu Papier zu bringen, und **viel Konzentration und Energie** muss dafür aufgewendet werden.

Eine weitere Schwierigkeit des Schrifterwerbs ist die Händigkeit.

Viele Kinder entscheiden sich schon frühzeitig für eine Hand, die dann die **„Vorzugshand"** ist. Egal, ob es die rechte oder linke Hand ist, sie ist führend, und ihr

Widerpart hat bei beidhändigen Tätigkeiten lediglich unterstützende Funktion. Manche Kinder jedoch haben sich bis zum Schuleinstieg noch nicht für die Präferenz einer Hand entschieden und müssen dies nun zwangsläufig tun – und viele von ihnen werden auch dadurch belastet.

Die **Beziehung des eigenen Körpers zum Raum** ist ein weiteres Problem in der Schuleingangsphase.

Wo ist hier oben, unten, vorne, hinten, rechts und links?

Für die Raumbeziehungen „vorne" und „hinten" braucht es in der Horizontalen zusätzliche Bezugspunkte, um dies entscheiden zu können.

Die Begriffe „oben", „unten", „vorne" und „hinten" sind bei allen Kindern gut gefestigt, „links" und „rechts" bei vielen.

Spannend wird es, wenn bestimmte Raumbeziehungen durch den Raum selbst bzw. durch Einrichtungsgegenstände bestimmt sind. In der Klasse wird „vorne" und „hinten" durch den Standort der Tafel bestimmt. Eigenartig ist es, dass es „vorne" auch ein „Hinten" gibt, nämlich dann, sobald „vorne" definiert ist. Ebenso geht es mit den Begriffen „oben" und „unten".

Nehmen wir eine Zeitung oder ein Buch zur Hand, setzen uns bequem in einen Fauteuil und lesen, so lesen wir Seite für Seite von „oben" nach „unten" und das Ganze von „vorne" nach „hinten". Dies bleibt „verbalisiert" auch so, wenn das Buch oder die Zeitung horizontal auf dem Tisch liegt, obwohl sich die räumlichen Verhältnisse für die Lektüre verändert haben. Die Fixierung der Raumbegriffe auf dem Papier dürfte sich aus jenen Zeiten erhalten haben, in denen tatsächlich von „oben" nach „unten" geschrieben (vgl. Schreibpulte) und von „vorn" nach „hinten" gelesen wurde. Aber nun genug des räumlichen Verwirrspiels!

ad 2. **Im Laufe ihres jungen Lebens haben die Schulneulinge schon viele Materialien kennen gelernt.** Welche Materialien sie kennen, hängt vom Angebot ab, das ihnen geboten wurde, und ob sie ihnen schon „zugetraut" wurden (z. B. Kleber, Schere, Messer, . . .) und wie viel Zeit und Möglichkeiten ihnen geboten wurden, diese Materialien kennen zu lernen und letztlich auch zu beherrschen. Auf diesem Gebiet gibt in der 1. Klasse enorme Unterschiede, und jede/r LehrerIn kann nach den ersten Klebeversuchen von „Kleberbädern" berichten, die so manchen Tisch vorübergehend unbrauchbar und Kleidungsstücke reinigungsbedürftig machten.

ad 3. **Ein wesentliches Kriterium der Schulreife ist die „soziale Reife" eines Kindes.** Gerade zu Zeiten der Entwicklungsschübe passiert im sozialen Bereich sehr viel, denn die Kinder müssen zunächst erst mit sich selber und den Veränderungen ihres Körpers und ihrer Psyche fertig werden und sich zusätzlich noch in ihrer Gruppe einen Platz „erobern". Dies kann auf sehr unterschiedliche Weise – je nach Vorerfahrungen, Einschätzung der eigenen Person, Gelegenheiten, sein Wissen und Können in die Gruppe einzubringen, usw. – erfolgen. Jeder Mensch hat das **Bedürfnis,** von den Mitmenschen anerkannt und **mit seiner ganzen Persönlichkeit akzeptiert zu werden.** Die Schuleingangsphase bietet gerade durch die Neubildung der Gruppe im sozialen Bereich unendlich viele Chancen.

III. BERICHTE AUS DER PRAXIS

„. . . die Frau Lehrerin schreibt das irgendwie anders."

Eines Tages Ende Oktober erreichte mich ein Hilferuf aus einer 1. Klasse. Aus unerklärlichen Gründen schreibe Chris plötzlich in Spiegelschrift, und dies in einer grauenhaften Form! Er sei Linkshänder und habe vorher auch schon nicht besonders schön geschrieben, aber was er jetzt zu Papier brächte, sei unbeschreiblich. Dieser Zustand sei erst vor wenigen Tagen aufgetreten. Die Frage, ob sich etwas Besonderes in den letzten Tagen ereignet hätte, wurde verneint. Zur nächsten Schreibeinheit fand ich mich nun in besagter Klasse ein und beobachtete Chris. Er saß in einer 6-er Gruppe rechts hinten in der Klasse, den Rücken halb zur Tafel gekehrt. Nachdem er immer wieder den Kopf wendete, um zur Tafel zu schauen, und seine Lehrerin beim Schreiben regelrecht fixierte, fragte ich ihn, ob er denn das „M", das eben an die Tafel geschrieben wurde, schon alleine schreiben könne. „Ja, schon, aber die Frau Lehrerin schreibt es jetzt irgendwie anders.", war seine Antwort. Nun war das Rätsel bald gelöst: In der Klasse gab es wenige Tage zuvor eine Umsetzaktion, und Chris, der ohnehin mit der Raumorientierung kämpfte, hatte einen für ihn denkbar ungünstigen Platz erwischt. Seine Strategie, alles genauso zu machen wie die Frau Lehrerin, war ihm hier – durch seinen neuen Sitzplatz – zum Problem geworden. Er saß nun mit dem Rücken zur Tafel, und so spiegelte er alles, was an der Tafel geschrieben wurde. Bald war ein geeigneter Platz – frontal zur Tafel – für ihn gefunden, und das Problem der Spiegelschreiberei gelöst. Die Gruppensitzordnung, so gut sie für den Sozialkontakt der Kinder sein mag, so geeignet und notwendig sie für viele andere Unterrichtseinheiten ist, so unangebracht ist sie bei Abschreibübungen von der Tafel bzw. bei Einheiten, in denen der Frontalunterricht vorherrscht. So mühsam das Umstellen der Tische manchmal auch erscheinen mag, es macht sich bezahlt, die Sitzordnung nach den unterrichtlichen Gegebenheiten zu wählen. Den Kindern wird dadurch Verunsicherung erspart, und Verunsicherung bedeutet immer größeren Energieaufwand – Energie, die die Kinder zur Bewältigung der Unterrichtsinhalte dringend brauchen und nicht unbedingt in zusätzliche räumliche Umsetzungsaufgaben stecken sollten.

„Ist das auch richtig?“

Durch Zufall, meine Stützkinder waren mir durch einen Lehrausgang abhanden gekommen, konnte ich mit einer Kollegin eine Turnstunde halten. Da ich in dieser Klasse auch Kinder betreute, wusste ich von der HandUNgeschicklichkeit vieler Kinder und entschloss mich, Fingerdifferenzierungsübungen mit dem Luftballon anzubieten. Dies wurde auch von den Kindern freudig aufgenommen. Ich spielte natürlich mit, denn selbst heute noch machen mir Luftballonspiele Spaß. Eine Aufgabe ist, den Luftballon jeweils nur mit einem Finger in die Höhe zu befördern. Die Finger wechseln auf Ansage während des Spieles, bis alle dran waren. Viele Kinder – und nicht nur Kinder – haben Probleme, den Ringfinger isoliert auszustrecken, und so sehen sie ganz genau hin, wie es der/die LehrerIn macht, und bemühen sich, es ebenso zu machen. Jedenfalls kam Lisa zu mir und „gestand“, dass sie den Finger nicht so isolieren könne wie ich (alle anderen Finger zur Handfläche gebogen und nur den Ringfinger ausgestreckt) und ob denn ihre Handhaltung (Handfläche oben, alle Finger gestreckt und den Ringfinger nach oben angehoben) auch gelte. Sie war sehr erstaunt, dass ich diese Hand- und Fingerhaltung nicht nur erlaubte, sondern sie auch noch für ihren Lösungsweg lobte. Dies machte die Kinder im Umkreis aufmerksam, und bald probierte die ganze Klasse Lisas Handhaltung aus – die Gruppe hatte etwas dazugelernt. Zudem bemühten sich viele Kinder, weitere mögliche Handhaltungen zu finden. Aber auch Lisa war nicht untätig, denn wenige Tage später wartete sie vor dem Schultor auf mich und zeigte mir mit den Worten „Ich kann es auch schon machen wie du“, dass sie meine Fingerhaltung inzwischen gelernt hat. Lisas vermeintliche Schwäche war zur Stärke geworden.

„Wann arbeiten wir endlich?“

Ein anderes Mal hatte ich drei Kinder zu fördern. Ich wollte noch schnell etwas aufschreiben und so bat ich die Kinder, einstweilen alleine anzufangen. Zum Schreiben kam ich nicht, denn was nun in dieser kleinen Gruppe passierte, faszinierte mich. Zunächst bauten sie aus den Matratzen eine Wohnung. Jedes Kind hatte sein eigenes Zimmer, es gab einen Wohnraum, und auch Küche und Badezimmer wurden nicht vergessen, selbst ein eigenes WC war eingebaut. Als einige „Mauern“ umfielen, wurde die Wohnung zu einer Insel umfunktioniert. Aus zwei Rollbrettern und einer Matratze wurde ein Boot, das viele „Schätze“ zur Insel brachte, die dort dann „behütet“ (= bespielt) wurden. Ich hielt mich ganz aus dem Geschehen heraus und genoss die Beobachtungen, die ich machen konnte. Es war sehr spannend und lehrreich zu sehen, wie sie die Aufgaben verteilten. In den verschiedenen Spielabschnitten übernahm jedes Kind mindestens einmal die Führung, und die Ideen der anderen wurden konstruktiv eingebaut, gemeinsam bearbeitet oder wegen Undurchführbarkeit fallen gelassen. Gerade als ich die Kinder bitten wollte, ans Aufräumen zu denken, drehte sich ein Kind zu mir und fragte, wann ich denn nun käme und wir mit der „Arbeit“ anfingen. Wir waren alle erstaunt, die Kinder, weil die Stunde schon fast um war, und ich, weil die Kinder ihrem „Spiel“ keine Wertigkeit zumaßen. Erst nach einem eingehenden Gespräch stimmten sie meiner Meinung zu, dass sie nämlich sehr viel Planungs-, Organisations-, Umsetzungs- und Aufbauarbeit in einer Gruppe geleistet hätten, und waren mit ihrer „Arbeit“ nun zufrieden.

IV. PRAXISTIPPS FÜR DIE ARBEIT IN DER KLASSE

Es gibt viele Möglichkeiten, Kindern auch in der Klasse das Lernen durch Bewegung zu erleichtern.

Der Übergang vom **„Bewegungsleben“** des Kleinkindalters zum **„Sitzleben“** eines Schulkindes erfolgt abrupt, und vielen Kindern fällt das viele Sitzen schwer. Viele Arbeiten (Schreiben, schriftliches Rechnen, Ausmalen, . . .) erfordern das Sitzen oder Liegen der Kinder, aber viele Übungen kann man auch mit Bewegung kombinieren, was den Kindern einerseits wesentlich mehr Spaß macht (Motivation!) und andererseits ihnen neue Erfahrungen ermöglicht. Der Spaß und die **neuen Erfahrungen prägen auch die Intensität der Inhaltsaufnahme. Je mehr Sinne** die Kinder während der Erarbeitungs- und Übungsphasen einsetzen können, **desto intensiver ist die Aufnahme.** Diese Erkenntnis hat schon in viele Klassen Eingang gefunden, aber leider gibt es unter den Wahrnehmungsbereichen zwei „Stiefkinder", die bis heute viel zu wenig Beachtung finden. Dies ist einerseits der Gleichgewichtssinn und andererseits die Eigenwahrnehmung (Grundlage zur Bildung des Körperschemas und Körperbildes). Das physische und psychische Wohlbefinden ist von diesen Bereichen abhängig und damit auch die Quälität der Arbeit.

„Können Zahlen fliegen lernen?" ist der Titel dieses Beitrags, und deshalb befasse ich mich in meinen Praxistipps auch mit Mathematik.

Um Rechenoperationen richtig durchführen zu können, bedarf es folgender grundlegender Voraussetzungen:

Menge	Zahlzuordnung
❍ ❍ ❍	3

Bei der Invarianz (Unveränderlichkeit) der Menge geht es um die Erkenntnis, dass das „=" -Zeichen nichts anderes bedeutet, als dass sich links und rechts von diesem Zeichen die gleiche Menge befindet, egal, ob es sich um konkrete Dinge handelt oder um abstrakte Zahlen.

Eine bewegte Geschichte zur Vermittlung von Wissen

Um den Kindern das Prinzip der Unveränderlichkeit der Mengen klar zu machen, gibt es ein sehr nettes Märchen, das ich bei meinen Hospitationen in Deutschland gehört habe, in dem die Kinder selbst den Begriff der Gleichheit von Mengen aktiv erleben können:

Es war einmal ein König, der hatte eine sehr schöne Tochter. Alle Menschen hatten die Prinzessin gern, denn sie war nicht nur schön, sondern auch lieb und freundlich zu jedermann. Eines Tages, bei einem Waldspaziergang, entführte sie ein Ritter. Er wollte sie ganz für sich alleine haben, und so brachte er sie zu einer Höhle, gab ein Gitter davor und sagte: „Jetzt werde ich noch das Schloss verzaubern, damit mir niemand mehr die Prinzessin wegnehmen kann." Er zeichnete links und rechts vom Schloss jeweils einen Kreis auf den Waldboden (Reifen aus dem Turnsaal) und sperrte nun das Schloss mit einem großen Schlüssel (aus Karton, auf einer Seite mit zwei Bartrillen versehen, die letztendlich das =-Zeichen symbolisieren) zu. Anschließend gab er einige Dinge in einen Kreis (diese Dinge müssen für die Kinder erreichbar und sichtbar im Raum nochmals vorhanden sein). „Den

Schlüssel brauch ich nicht mitnehmen, denn kein Mensch kann den Zauber lösen.", sagte der Ritter und ging fort. Alle Menschen suchten die Prinzessin, aber niemand konnte sie finden. Nach einer mühevollen Suche konnte ein junger Prinz aus einem fernen Land endlich die Höhle entdecken. Sofort versuchte er das Schloss aufzusperren, aber es gelang ihm nicht (ErzählerIn hält den großen Kartonschlüssel so, dass die Bartrillen verdeckt sind.). WER kann den beiden helfen?

Der erste Vorschlag der Kinder ist, alle Dinge aus dem Kreis herauszunehmen. Nachdem der Kreis mit einem Zauber belegt ist, kann dies sehr gefährlich sein, und es gilt, einen anderen Lösungsweg zu suchen. Sehr schnell kommen die Kinder darauf, dass man die gleichen Dinge in den anderen Kreis legen könnte. Sofort macht sich ein Großteil der Kinder auf die Suche. Dabei kann es natürlich passieren, dass im Eifer plötzlich zu viele Dinge im zweiten Kreis sind – der Schlüssel sperrt wieder nicht. Wenn nun tatsächlich die gleichen Dinge in beiden Kreisen sind, sperrt der Schlüssel (Bartrillen sind sichtbar), und die Prinzessin ist frei!

Daran können nun unzählige Übungen zur Festigung dieser Erkenntnis anschließen. „Schloss auf – Schloss zu", und jedes Kind darf je nach Situation auf- und zuschließen. Nicht der/die LehrerIn ist nun aufgerufen, Übungsmaterial ohne Zahl anzubieten, dies können die Kinder selber tun. Sie legen auf ihren Plätzen in zwei Kreisen mit konkreten Dingen solche Aufgaben und dürfen selbst entscheiden, ob das „Schloss" offen sein soll oder zu. Sind sie mit ihrer Arbeit fertig, so machen sich alle Kinder, jedes mit einem =-Kärtchen, auf den Weg und suchen sich eine Aufgabe zur Lösung aus. Natürlich ist der Weg mit vielen interessanten Hindernissen versehen, denn der Prinz musste ja auch auf seinem Weg solche überwinden. Schmale, gerade fußbreite Wege (mit Bierdeckeln gelegt), Felsspalten (durch zwei Tische begrenzt), Stege (Balancierstangen oder Teppichstreifen), Felslöcher (ein zwischen Sesseln oder Tischen fixierter Schlauchreifen), Kriechstrecken (Sessel wie zum Sesselspiel zusammengestellt, eventuell an den Beinen zusammengebunden, entweder über die Sitzflächen oder zwischen den Beinen kriechen) und viele andere Möglichkeiten bieten sich hier für die Klasse an. Haben die Kinder den Weg bewältigt und sich eine Aufgabe ausgesucht, legen sie je nach Aufgabe nun das Kärtchen mit dem =-Zeichen nach oben oder unten zwischen die Kreise. Danach kehren die Kinder auf ihren Platz zurück und überprüfen, ob die von ihnen gestellte Aufgabe auch richtig gelöst wurde. Anschließend dürfen sie eine neue Aufgabe erfinden, das =-Kärtchen an sich nehmen und sich wieder auf den Weg zur Lösung einer Mitschüleraufgabe machen. Der/die LehrerIn hat bei diesem Spiel lediglich beratende Funktion und damit meistens ausreichend Gelegenheit, die Kinder zu beobachten. Sollten einige Unentschlossene unter den Kindern sein, so kann man die Zeit zur Aufgabenstellung mit einem akustischen Signal begrenzen.

KEINE Zeit für solche Spiele?

Wer bedenkt, wie viele anspruchsvolle Aufgaben allein im Aufbau des Weges stecken, welche Planungs-, Organisations- und Umsetzungsarbeit von den Kindern geleistet werden muss, wie viel Kommunikation bewältigt werden muss, welche Erfahrungen und Motivation für die Arbeit solch ein Spiel birgt, wird so komplexen Einheiten gerne viel Platz einräumen.

Auch in Bildnerischer Erziehung können die Kinder solche Aufgaben selbst zeichnen und so eine Menge Übungsmaterial für den Rechenunterricht schaffen. Dieses Material kann man auch sehr gut im Förderunterricht einsetzen. Erst wenn die Kinder anhand konkreter und abgebildeter Beispiele die Funktion des =-Zeichens verstanden und verinnerlicht haben, darf man den Schritt zur Abstraktion wagen. **Viele „Rechenschwächen“ entstehen dadurch, dass von den Kindern viel zu früh das Abstrahieren erwartet und verlangt wird.**

LUSTIGE SPIELE LASSEN SICH MIT ZAHLENKARTEN MACHEN

„Mehr oder weniger?“

ist ein Spiel, das die Kinder aus dem Fernsehen kennen und mit Begeisterung spielen. Man braucht dazu 10 A4-Kartonkarten, die von 1 bis 10 beschriftet und gut gemischt sind. Man zeigt den Kindern nun die Ziffer/Zahl des ersten Kartons und lässt sie mit „Mehr oder weniger?“ raten, was der nächste Karton zeigen wird. Warum weißt du, dass nach 1 „mehr“ und nach 10 „weniger“ kommen muss? Welche Ziffer/Zahl hat sich hinter dem letzten Karton versteckt?

„Memory“

ist ein Spiel, das die Kinder in der Regel kennen und auch sehr gerne spielen. Dieses Spiel eignet sich sehr gut zur Umsetzung in ein Bewegungsspiel. Dazu braucht man mindestens zweimal 10 A4-Kartonkarten, von 1 bis 10 beschriftet. Es ist praktisch, diese in zwei verschiedenen Farben zu schreiben – das erleichtert die Sortierarbeit sehr, sollte man sie einmal vermischt verwenden. Für jede Gruppe werden die Karten mit verdeckten Ziffern auf den Boden gelegt. Die Aufgabe besteht nun darin, möglichst schnell die Karten von 1 bis 10 zu ordnen. Die Ersten der Gruppen laufen zu den Karten, drehen eine um, ist es die 1, nehmen sie sie mit, ist es eine andere Ziffer, dann zeigen sie sie der Gruppe und legen die Karte wieder mit der Ziffer nach unten hin. Nun laufen die nächsten Spieler. Die Gruppe, die zuerst fertig ist, hat gewonnen. Je nach Gruppengröße kann man dieses Spiel in der Klasse, am Gang (Förderstunde), im Turnsaal oder auf einem großen Platz im Freien spielen.

„17 und 4"

fordert die Rechenkünste im Zahlenraum 30. Die Karten werden wieder verdeckt aufgelegt. Nun wird jeweils eine Karte geholt, und die Ziffern werden addiert. Wenn die Zahl 21 überschritten wird, muss die letzte Zahl subtrahiert werden. Solange addiert wird, werden die Karten nebeneinander gelegt, muss subtrahiert werden, dann wird diese Karte quer gelegt. Sieger ist jene Gruppe, die 21 zuerst erreicht. Wird die Zahl 21 nicht erreicht, siegt die Gruppe mit dem der Zahl 21 nächsten Ergebnis. Auch hier entscheidet die Gruppengröße über den Spielort.

„Zahlenfangen"

fordert ebenfalls die Rechenkünste. Als Spielort eignet sich hier nur der Turnsaal oder ein Platz im Freien, da man zu diesem Spiel viele Mitspieler braucht. Es gibt zwei oder mehr Fänger. Jedes andere Kind bekommt eine Zahlenkarte. Die Fänger bekommen die Aufgabe, die Zahl 20 (oder eine andere Zahl) „zusammenzufangen". Ist das Ergebnis nicht zu erreichen, weil die „fehlende" Zahl nicht mehr im Spiel ist, gewinnt jene Gruppe, die dem Ergebnis am nächsten ist.

„DER HUNDERTER-TEPPICH"

Um Räume erfassen zu können, muss man sie erfahren. Die in der Schule gebräuchlichen Hundertertafeln sind dafür ungeeignet, denn sie sind viel zu klein, um damit **„Zahlen-Raum-Erfahrung"** machen zu können. So machte ich mich auf die Suche nach einer klassenverträglichen Möglichkeit, den Hunderter für die Kinder „erfahrbar" zu machen. Schließlich kaufte ich einen Teppich (250 × 250 cm) und unterteilte ihn in 100 Felder (25 × 25 cm). Hier können nun die Kinder Schritt für Schritt „Zahlen-Raum-Erfahrung" machen. Den jeweils gewünschten Zahlenraum kann man leicht mit Bändern eingrenzen und so mehreren Kindern gleichzeitig Gelegenheit zum Üben geben.

Da die Hunderterfelder leer sind, muss vor Beginn der Arbeit immer festgelegt werden, wo sich der Einser, Zehner bzw. Hunderter auf dem Feld befindet. Sehr gut lassen sich die Montessori-Zahlentafeln für Orientierungsübungen einsetzen. Auch blanke, mit Ziffern und Zahlen beschriftete Bierdeckel können gut eingesetzt werden. Bei der Beschriftung der Bierdeckel sollte darauf geachtet werden, dass der Stellenwert immer beachtet wird, also die Einer immer an der Einerstelle stehen, Zehner an der Zehnerstelle, . . .

Die „Wohnungssuche"

der Zahlen im Hunderterhaus lässt sich besonders gut mit den Montessori-Zahlenkarten bewerkstelligen, denn die Teilung in Zehnerzahlen und Einer macht die Zusammensetzung der Zahlen besonders deutlich. Viele Kinder haben das Problem, dass die höherwertige Zehnerzahl nach der geringerwertigen Ziffer („fünf-und-zwanzig") gesprochen wird, im Schriftbild es jedoch genau umgekehrt ist (25). Die Kinder ziehen eine Einerkarte und eine Zehnerkarte, lesen die Zahl vor und legen zunächst die Zehnerkarte auf „ihren" Platz auf dem Teppich und geben die Einer anschließend ab. Ist die richtige „Wohnung" gefunden, dann erst erfolgt die Zusammensetzung der Zahl, indem die beiden Karten aufeinander gelegt werden. Um den Materialaufwand in Grenzen zu halten, werden die Montessori-Zahlenkarten nun durch den Bierdeckel mit der entsprechenden Zahl ersetzt. So braucht man nur einen Satz Montessori-Zahlenkarten (Einerkarten von 1 bis 9, Zehnerkarten von 10 bis 90 und eine Hunderterkarte) und einhundert Bierdeckel, von 1 bis 100 beschriftet.

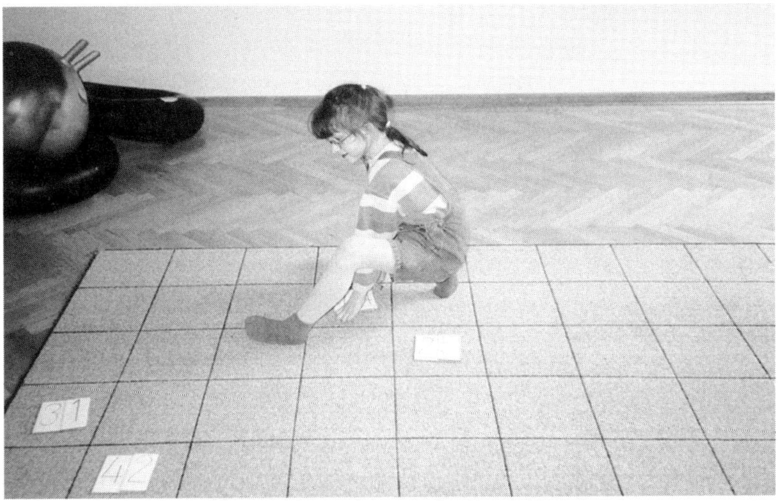

„Wohnungssuche" am Hunderterteppich

„Zahlen-Zielschießen"

macht den Kinder besonders viel Spaß. Unterschiedliche Gefäße (Schachteln, Körbe, Töpfe, . . . oder Reifenschläuche) werden im Raum verteilt und mit unterschiedlichen Aufschriften versehen, z. B. 3Z, was bedeutet, dass alle Bierdeckel, die mit einer Zahl mit 3 Zehnern beschrieben sind, in dieses Gefäß geschossen werden sollen. Jedes Kind sucht sich ein Gefäß aus, und schon geht es an die Arbeit. Es hat sich bewährt, anfangs Aufträge nur mit Zehnern oder nur mit Einern zu stellen und erst später beide zugleich. Sind Einer- und Zehneraufträge gemischt, müssen sich die Kinder beeilen, um möglichst viele Bierdeckel zu ergattern.

Sobald der Zahlenraum 1 bis 100 gefestigt ist, kann man den Zahlen das **„Fliegen“** beibringen. Auf einem Schwungtuch (so keines vorhanden ist, genügt auch ein großes Leintuch) werden die Zahlen in der richtigen Reihenfolge aufgelegt. Dies muss nicht unbedingt im System der Hundertertafel sein, die Anordnung kann auch in Spiralform oder einer anderen Form erfolgen, je nach Entscheidung der Kinder. Liegen nun alle hundert Zahlen auf dem Tuch, wird es ganz vorsichtig hochgehoben, und die Zahlen werden sanft geschaukelt. Mit zunehmender Bewegung des Tuches beginnen die Zahlen zu „fliegen“. Sind alle Zahlen „davongeflogen“, ist das Spiel beendet – oder beginnt von vorne.

❖ ❖ ❖ ❖ ❖

Doris Voss-Gruber, Martha Trattner

„Zu Gast im Kinderland“ Psychomotorik im Rahmen des Freizeitangebotes an einer Ganztagsschule

ins kinderland
kommt nur
wer sich selbst bewegt
wer schritte tut
wer springt
und rennt
wer sich duckt
und ruft
wer sich anfassen läßt
und auffangen kann
wer raum hat
für ihren stern
und seine bahn findet

hubertus von schoenebeck

I. EINSTIEG INS GESCHEHEN

12.55 Uhr
Ein ganz normaler **Schulvormittag** endet, die Kinder werden entlassen. Nach einem kurzen Austausch mit meiner Kollegin (ich arbeite in einer Integrationsklasse) hole ich Martha ab, die ebenfalls in einer I-Klasse tätig ist.
13.30 Uhr
Gemeinsamer Aufbruch in die **Ganztagsvolksschule,** wo wir wie jeden Montag und Dienstag zwischen 13.50 Uhr und 15.30 Uhr unseren Moto-Kurs haben. Schnell gönnen wir uns gemeinsam eine Tasse Kaffee.
13.45 Uhr
Wir sind vor den Klassen E und F und holen die Kinder zum **Moto-Kurs** ab. Martha übernimmt die Klasse E, ich klopfe an der Tür zur Klasse F an. Als ich öffne, stürzt sich als Erste Sabine[1] mit den Worten: „Gemma wieder Metapädagogik?!“ auf mich. Christian sieht mich kurz an – erste Reaktion: er dreht sich weg. Dann ruft er der Klassenlehrerin zu: „Will nicht, will nicht, ...!“ Auf mich lässt er eine Flut teils

unverständlicher Schimpfwörter los. Ich überlege, womit ich ihm heute Geschmack auf unsere gemeinsame Stunde machen kann; er lehnt jedoch alles mit verschiedenen Begründungen ab: Füße tun weh (er ist körperbehindert), Umziehen ist blöd, die anderen Kinder stören ihn, er mag mit mir nicht mitgehen oder er sagt: „Hab Angst". Welche trifft wohl heute zu? Es dauert eine Weile, bis alle Kurs-Kinder um mich versammelt sind; bis auf Christian. Erst nach langem Verhandeln (Motivieren) erklärt er sich bereit, zumindest einmal mitzugehen.

Wie mag es in den letzten fünf Minuten Martha ergangen sein?

In der E-Klasse sitzen die Kinder vertieft über ihren Arbeiten. Auf ein Zeichen von Martha schickt der Klassenlehrer die sechs Moto-Kinder hinaus. Richard läuft ungestüm und unaufhörlich plappernd in die Garderobe, um seine Turnsachen zu holen, weil er der Erste in der Reihe sein möchte. „Darf ich mit dir gehen?", ist seine übliche Frage. Lukas schwingt seine Tasche mit der Turnkleidung wie eine Keule, nimmt Anlauf, rutscht auf dem Fliesenboden an Martha vorbei und in Richard hinein, die schönste Keilerei ist im Gange. Kerstin trottet gemächlich daher und meint ganz ruhig: „Dat tun die immer to!" Tommi und Georg spielen laut kreischend Nachlaufen auf den weitläufigen Gängen und versuchen, einander mit dem Turnsackerl auf den Kopf zu treffen – zum Glück ohne Erfolg. Norbert verfolgt das Geschehen abseits, aber mit Begeisterung.

So weit – so gut.

Ein Teil der Kinder erwartet unsere gemeinsame Motostunde sehnsüchtig jede Woche – andere hingegen wollen von Bewegung am liebsten nichts wissen.

Richard wird ungeduldig und zieht Martha an der Hand in Richtung Turnsaal. „PSS", zische ich in den Lärm, „wir sind alle Räuber, die mit ihrer Beute in die Räuberhöhle schleichen. Niemand darf uns hören!"

Auf „leisen Sohlen" tapsend und von unterdrücktem Stöhnen und Kichern begleitet, gelangen wir in den Umkleideraum.

„Uiiiiiii", tönt Lukas los wie eine Sirene, das Echo ist auch zu schön hier. Carlo verweigert das Umziehen. Norbert lutscht an seinem Unterhemd und grinst: „Gann nit anttien." Als die anderen Kinder mit Martha im Turnsaal verschwinden, schafft es auch Norbert, sich umzukleiden, und Carlo zeigt, dass er es noch schneller kann.

II. IM BEWEGUNGSRAUM

In der Turnhalle gehen die Kinder ihrem **Bewegungsdrang** auf unterschiedlichste Weise nach – kreuz und quer durch den Raum johlend, auf der Sprossenwand auf-

Ausleben des Bewegungsdrangs mit Laufen, Springen und Johlen

und abkletternd, beidbeinig auf einer Stelle hüpfend, sich mit ausgebreiteten Armen im Kreis drehend, am Turnleiberl saugend. Zwischen einigen Kindern entwickelt sich ein Fangspiel.

Merklich spürbar legt sich die „Unrast", und wir können einander auf dem schwarzen Kreis in der Mitte des Saales treffen. Das ist für die Kinder das Zeichen zum gemeinsamen Beginn.

Carlo weigert sich, von der Sprossenwand runterzukommen und muss von mir abgeholt werden.

Die anderen warten ruhig. Carlo entwischt und kauert wieder auf der obersten Sprosse. Während ich in den Kreis zurückkehre, meint Martha: „Gut, Carlo möchte heute nicht mitmachen. Dann haben wir heute unseren Spaß ohne ihn!" In der nächsten Sekunde wirbelt er herunter und kauert sich zwischen meine Beine.

Jetzt ist der Augenblick gekommen, den Kindern unser geplantes Thema, Materialerfahrung „Luftballons", vorzustellen.

Wir haben die Stunde so gegliedert:
- Freies Spiel entwickeln lassen
- Luftballons mit verschiedenen Körperteilen bewegen (Kinder Ideen bringen und zeigen lassen), ohne, dass sie am Boden landen
- Luftballonmaschine
- Entspannung: Luftballonmassage (Kursleiter massieren die Kinder)

Da wir genug Luftballons haben, kann jedes Kind seine Lieblingsfarbe auswählen, was sehr wichtig ist. Als alle Kinder ihren aufgeblasenen Luftballon haben, entwickelt sich ohne unser weiteres Zutun eine friedliche und harmonische Spiel- und Übungsatmosphäre. Jedes Kind beschäftigt sich allein mit dem Material und macht neue Erfahrungen, die uns sogleich mitgeteilt werden. Für die nächste halbe Stunde sind die Kinder tief in ihre Beschäftigung mit den Luftballons versunken. Jetzt sind sie entspannt.

In den letzten 15 Minuten massieren wir uns gegenseitig mit den Ballons, was von den Kindern sehr genussvoll erlebt wird; die angebotene leise Musik verstärkt diesen gewünschten Effekt.

Eine unserer Motostunden, die sehr turbulent begann, endete letztendlich in einer gelösten Stimmung.

III. PSYCHOMOTORISCHE AUFGABEN IN DER NACHMITTAGSBETREUUNG

Wir arbeiten seit dem Schuljahr 1994/95 zweimal wöchentlich nachmittags an einer Ganztagsvolksschule, in der alle Klassen integrativ geführt sind.

Der Leiter und die KollegInnen an der Schule hatten von Anfang an großes Interesse, **Psychomotorik im Rahmen der Freizeitkurse** anzubieten. Nach unseren ersten Erfahrungen in der Arbeit mit Kindergruppen in Klassengröße (22 Kinder), suchten wir nach einer neuen Organisationsform, um den Bedürfnissen der Kinder gerechter zu werden.

Seit dem Schuljahr 1995/96 betreuen wir **Kleingruppen** mit maximal 12 Kindern. Im Schuljahr 1996/97 verbringen bereits fünf Kindergruppen **jeweils zwei Wochenstunden mit zwei Betreuerinnen** im Motokurs.

Für jede Gruppe werden Kinder aus zwei Parallelklassen ausgewählt:

In den ersten Schulwochen gibt es ein **ausführliches Gespräch mit den KlassenlehrerInnen,** und im Rahmen einer gemeinsamen Turnstunde **beobachten** wir **das allgemeine Verhalten** der Kinder, ihr **Verhalten in Spielsituationen** und das **Ausfüh-**

ren gezielter Bewegungsaufgaben. Die Gruppenzusammensetzung entsteht aufgrund dieser Beobachtungen und der Information durch die KlassenlehrerInnen.

Welche Kinder laden wir ein und welche Kinder finden den Weg zu uns?

Integrationskinder, Kinder mit auffälligem Verhalten, ängstliche oder ungeschickte Kinder, Kinder mit sichtbarer motorischer Beeinträchtigung, . . .

Viele der Integrationskinder sind in erster Linie sprachbehindert.

An einer Ganztagsvolksschule ist der Tagesablauf der Schüler durchgehend von 8.00 Uhr bis 15.30 Uhr geplant. Viele unserer Kurskinder besuchen anschließend noch den Spätdienst bis 17.30 Uhr oder werden um 15.30 Uhr mit dem Fahrtendienst nach Hause gebracht. Wir PsychomotorikerInnen sehen es daher als Aufgabe, den Kindern **Freiräume in ihrer reglementierten Tagesstruktur zu schaffen.**

So ist es für uns selbstverständlich, dass wir **auf** die jeweiligen **Stimmungen** der Kinder und ihre Wünsche bezüglich der Stundengestaltung **eingehen**. Sie sollen ihre Ideen verbalisieren, entwickeln und durchführen können, ohne Leistung erbringen zu müssen. Sie haben Gelegenheit ihre Fähigkeiten zu zeigen, ohne gleich bewertet zu werden, und können sich Fertigkeiten in ihrem eigenen Tempo aneignen. Jede Stunde beginnt mit selbst gewählten oder angebotenen Lauf- und Bewegungsspielen. Die Kinder toben sich aus, lernen den Umgang mit und das Akzeptieren von Spielregeln. Einzelne von ihnen sind im Planen von Bewegungshandlungen so sicher, dass sie eigene Spielideen vorstellen, erklären und mit den anderen Kindern umzusetzen versuchen.

Anschließend **treffen wir uns im gemeinsamen Sitzkreis** auf der schwarzen Bodenmarkierung. Dieses kleine **Ritual** signalisiert den Kindern unsere Bitte um **Ruhe und gegenseitige Achtung** durch aufmerksames Zuhören. Hier ist der geeignete Platz, **Benutzungsregeln für den Umgang mit Material** und **Regeln des sozialen Umgangs** zu besprechen.

Jetzt greifen wir die individuellen Vorschläge der Kinder zur gemeinsamen Stundengestaltung auf.

Die häufigsten Wünsche sind die nach Schaukeln, Drehen, Rollen, Krabbeln, Klettern und Bauen von Höhlen, die wir gemeinsam mit den Kindern als Bewegungslandschaft aufbauen. Sie verlangen damit intuitiv nach dem, was sie brauchen, nämlich nach der **Förderung der psychomotorischen Basiskompetenzen wie Gleichgewicht, Koordination, Kraft und Ausdauer, Gelenkigkeit und Schnelligkeit** sowie der **grundlegenden Wahrnehmungskomptenzen** visueller, auditiver und taktil-kinästhetischer Wahrnehmung.

Diese Art von freien Bewegungsangeboten schafft für uns den Raum, sich mit Kindern individuell zu beschäftigen, das heißt primär an ihren Wahrnehmungsdefiziten, insbesondere der Körperwahrnehmung, zu arbeiten. Wir kommen der Förderung dieser Bereiche auch regelmäßig mit dem Angebot von gezielten Stundeninhalten nach.

Aus unterschiedlichsten Bewegungsanlässen ergeben sich Möglichkeiten zu Rollenspielen, die einen Teil unseres Unterrichtsgeschehens einnehmen. So verlangen die Kinder Spiele, in denen wir Erwachsene in die Rolle von wilden Tieren oder bösen Monstern schlüpfen.

Begleitet von lautem Gekreische und Gejohle werden wir „Übermächtigen" entmachtet. Gemeinsam stark sperren sie uns in dunkle Höhlen oder überwältigen uns, indem wir gefesselt werden.

Auch ängstliche Kinder beteiligen sich lustvoll im Schutz der Gruppe an diesen Spielen. Nicht selten passiert es, dass anschließend die Rollen getauscht werden. Es ist uns wichtig, immer wieder Sprechanlässe gerade für sprachbeeinträchtigte und schüchterne Kinder zu schaffen, wo sie auch Gelegenheit haben, Alltagssituationen nachzuspielen.

Aus einer Einheit zum Thema „Rollbrett – Großstadtverkehr" entwickelten sich z. B. durch unser aktives Mitspielen eine Tankstelle für die Rollbrettautos und ein Krankenhaus mit Rettung für Unfallopfer, was einen regen sprachlichen Austausch bewirkte.

Insgesamt streben wir eine Verbesserung der Ich-, Material- und Sozialkompetenz der Kinder an, indem wir sie als eigenständige Persönlichkeiten sehen und annehmen. Ein reichhaltiges Angebot in unseren Motostunden soll es ihnen ermöglichen, vielfältige Erfahrungen zu machen.

IV. VORSCHLÄGE ZUR PRAKTISCHEN GESTALTUNG VON PSYCHOMOTORISCHEN EINHEITEN

Thema: Körpererfahrung

Schwerpunkt: Schulung der vestibulären Wahrnehmung – Gleichgewichtsparcours

Als **Einstieg** in eine Motostunde eignen sich verschiedene **Laufspiele**, z. B. „Das Wasser steigt". Für dieses Spiel werden mehrere Langbänke (oder Sessel, etc.) mit der Schmalseite nach oben im Turnsaal / Bewegungsraum aufgestellt. Die Kinder bewegen sich im Raum (laufend, auf einem Bein hüpfend, . . .). Auf Zuruf: „Das Wasser steigt!" retten sich alle auf die Bänke, Sessel, . . . und warten dort, bis das Wasser sinkt. Beim Zuruf: „Gefahr vorbei!" wird das Spiel fortgesetzt.

Die Hindernisse des **Gleichgewichtsparcours** werden nach Alter und Geschicklichkeit der Kinder ausgewählt:

- mit offenen / geschlossenen Augen über ein geknotetes, langes Seil gehen und dabei die Knoten mit den Füßen tastend zählen;
- über Langbänke (mit der Schmalseite nach oben) vorwärts und rückwärts balancieren, dabei in jeder Hand einen Gymnastikball halten;
- auf einer aufgeklebten Linie hin- und hergehen und dabei ein kleines Tablett mit Gegenständen (Spielfiguren, Wasserbecher, . . .) in beiden Händen halten. Stehen noch alle Figuren am Ende der Linie? Habe ich noch das gesamte Wasser im Becher?
- mit Sandsäcken auf Schultern, dem Kopf, den ausgebreiteten Armen eine schiefe Ebene hinaufgehen (z. B. eine in der Sprossenwand eingehängte Langbank).
- in jeder Hand einen Holzstab haltend, versuchen, einen Tennisball aufzuheben und der SpielpartnerIn in die Hände zu geben;
- auf der Handfläche oder dem Handrücken einen Wasserbecher transportieren;
- „bepackt“ mit unterschiedlichen Alltagsgegenständen über niedrige Hindernisse steigen;
- auf einer Balancierscheibe (z. B. einer Liegenden Acht aus Holz) eine kleine Kugel rollen lassen;
- Bälle unter eine Matte legen und über den „Wabbelsteg“ krabbeln oder gehen;
- in einer oder beiden Händen mit einem Esslöffel, Gegenstände zu einem vorgegebenen Ziel transportieren.

Zur **Entspannung** bietet sich der „Wabbelsteg“ an: 2–3 Kinder legen sich auf die Matte, während die anderen Kinder um die Matte herumsitzen und sie sanft über die Bälle bewegen. Leise Musik im Hintergrund lädt zum Träumen und Abschalten ein.

Thema: Materialerfahrung „Alltagsmaterialien“

Schwerpunkt: Spaß mit Zeitungen

Als **Einstieg** bietet sich das **Spiel** „Wagenrennen“ an. Die Kinder bilden Dreier-Gruppen. Ein Kind steht, kniet oder sitzt auf einem Zeitungsblatt und hält sich an einem Seil fest. Dann wird es von den anderen beiden Kindern durch den Raum gezogen. Dabei kann es den „Pferden“ Anweisungen geben, wie schnell und wohin sie laufen sollen.

Anschließend können die Kinder mit dem **Zeitungspapier experimentieren**. Dabei ist es wichtig, den Kinden genug Zeit zu lassen, eigene Ideen zu entwickeln, auszuprobieren und vorzuzeigen. Wenn Kinder zum ersten Mal mit einem neuen Material arbeiten, kann das Experimentieren unter Umständen die gesamte noch verfügbare Zeit in Anspruch nehmen. Wenn es Kinder gibt, die **Hilfestellungen und Anregungen** brauchen, können folgende Vorschläge gemacht werden:

- Versuche, ob du die Zeitung schräg auf einer Spitze balancieren kannst.
- Wirf die Zeitung nach oben und fang sie mit verschiedenen Körperteilen auf.
- Halte die Zeitung vor die Brust und lauf so schnell, dass sie ohne Hilfe der Hände hält.
- Stell dich mit je einem Fuß auf ein Zeitungsblatt und versuche „Eis zu laufen".
- Versuche, aus einem Blatt eine möglichst lange Schlange zu reißen.
- Falte mit deinem Zeitungsblatt einen Hut, ein Schiff, einen Flieger, . . .
- Zerknülle die Zeitung zu einem Ball und probiere aus, was der Ball alles kann.

Für die abschließende **Entspannungsübung** bilden die Kinder wieder Dreier-Gruppen. Jeweils ein Kind, auf einer Decke oder Matte liegend, wird von den beiden anderen Kindern mit Zeitungsblättern zugedeckt.

Thema: Sozialerfahrung

Schwerpunkt: Wir spielen eine Geschichte nach oder verändern sie

Viele Kinder lieben es, Höhlen zu bauen und sich Bereiche zu schaffen, wohin sie sich zurückziehen können.

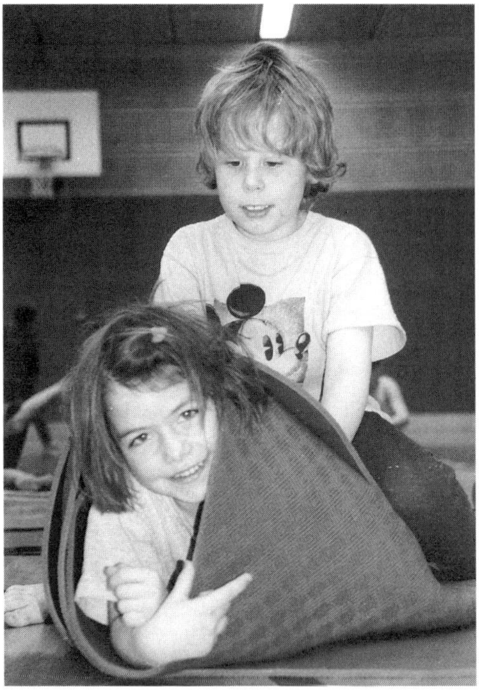

Sich zurückziehen und trotzdem dabei sein

Eine Klasse beschäftigte sich mit dem Kinderbuch „Die Geggis“ von Mira Lobe und besuchte dazu auch eine Theatervorstellung.

Die **Geschichte** handelt von den Berggeggis und den Sumpfgeggis, die bewusst von einer Berggeggitante und einem Sumpfgeggionkel auseinander gehalten werden. Als zwei Geggikinder aus unterschiedlichen Lagern nach einigen gemeinsamen Abenteuern Freundschaft schließen, steht einem fröhlichen Miteinander am Ende der Geschichte nichts mehr im Weg.

Die Kinder bilden zwei Gruppen: Die Berggeggis bauen ihre Höhle in den Bergen (in der Höhe von 2-3 m), die Sumpfgeggis gestalten ihre Höhle im Sumpf (am Boden).

Die Kinder entwickeln **Rollenspiele** nach der Geschichte von Mira Lobe – jede andere Entwicklung nach eigenen Ideen der Kinder soll aber unbedingt offen bleiben.

Kinder hören gerne Geschichten, und es ergibt sich immer wieder die Möglichkeit, diese in Bewegung und Rollenspiele umzusetzen. Das Bereitstellen einer Verkleidungskiste (Tücher, Kleider, Hüte, . . .) fördert zusätzlich die Spiellust der Kinder.

V. MATERIALTIPPS

Psychomotorik ist nicht von bestimmten Materialien abhängig. Hier ist eine Auswahl der Materialien aufgelistet, die sich unserer Erfahrung nach gut für die tägliche Arbeit eignen: Luftballons, Wäscheklammern, Decken und Leintücher, Schaumstoffteile und Rollen in verschiedenen Größen, Bierdeckel, Zeitungen, Tücher in allen Farben und Größen, bunte Seile, Verkleidungskiste, Bleischnüre, Drahtkleiderbügel und Nylonstrümpfe (zum Bau von Tennisschlägern: der Drahtkleiderbügel wird auseinandergebogen und mit der Strumpfhose bespannt. Das Ende der Strumpfhose wird um den Griff gewickelt und mit Paketklebeband fixiert.), Balanciergeräte (Figuren aus Überraschungseiern, Löffel und Tischtennis-Bälle, . . .), Kartonrollen, Teppichfliesen, verschiedenste Bälle (auch aus Stoffresten, Zeitungen und Wollflies selbst hergestellt).

❖ ❖ ❖ ❖ ❖

1 Die Namen aller Kinder wurden geändert.

Ria Steinbichler

ZUGEKNÖPFT und AUFGEDREHT werden jugendliche Mädchen erwachsen

Ich bin auf dem Weg,
ich suche, um zu finden,
um doch nie anzukommen, nie zu finden,
besser gehen, suchen,
als stillzustehen,
abzuwarten,
ob ich gefunden werde.

Andrea Schwarz

I. EINLEITUNG

Ich unterrichte psychomotorisch orientierte Leibesübungen an der Berufsvorschule der Stiftung Jupident in Vorarlberg. Es handelt sich dabei um eine an die Pflichtschulzeit angeschlossene Weiterbildungsmöglichkeit mit 2-jähriger Dauer. Ein qualifiziertes Fachteam von LehrerInnen und ErzieherInnen hat es sich zum Ziel gemacht, Abgängerinnen der Heilpädagogischen Landesschulen und der Hauptschulen (3. Leistungsstufe) eine bessere Kompetenz für einen Berufs- oder Arbeitseintritt zu ermöglichen. Dabei stellt sich heraus, dass Retardierungen bzw. Beeinträchtigungen im motorischen Bereich eine besondere Stellung einnehmen und oft gravierend die Arbeitsplatzvermittlung erschweren. Defizite der Grobmotorik, Feinmotorik und Wahrnehmung können dabei nicht isoliert gesehen werden, sondern sind eingebettet in einem oft fatalen Kreislauf.

Mit den Jugendlichen nach Wegen zu suchen, den Anforderungen im Alltag standhalten zu können, Lernen durch Tun, Individualität stärken, Identität entwickeln, Orientierungshilfen bieten, Notsituationen und Diskriminierungen aushalten, sehe ich als Teil der Aufgaben eines ganzheitlich orientierten Bewegungsunterrichtes. **Seine eigene *Be-weg-ung* zu suchen, die eigene Koordination zu finden, das eigene Gleichgewicht zu spüren, sind besonders in der problembehafteten Zeit zwischen Kindheit und Erwachsenenalter – der Jugend – schwierig und doch entscheidend für ein sinnerfülltes Leben.**

II. DER PSYCHOLOGISCHE RAHMEN FÜR DIE ENTWICKLUNG JUGENDLICHER

Ein Situationsbericht

K., ein jugendliches Mädchen von 16 Jahren, stand zögernd und ängstlich vor einem 15 m langen Stofftunnel und wusste nicht, ob sie durchkriechen sollte. Ihre Mitschülerinnen hatten es schon mit viel Spaß probiert und fanden bereits lustige, ideenreiche Kriechvariationen.

Ich ermutigte K. nicht, sondern ließ sie zusehen und übergab ihr bewusst und gezielt Hilfestellungsaufgaben als meine Assistentin. Als es Zeit war, eine Pause einzulegen, leitete ich eine Gesprächsrunde ein. Wir saßen in der Mitte des Turnsaals und sprachen über Angstgefühle wie Kribbeln im Bauch und Nervenkitzel. K. erzählte von ihren Ängsten vor Neuem, Unbekanntem und Diskriminierungen. Zu diesem Zeitpunkt hatte sie ganz besondere Angst, trotz guter schulischer Leistungen keine Arbeitsstelle zu finden. Gleichzeitig wünschte sie sich sehnlichst, ein großer Vogel zu sein, der hoch oben sein Nest hat, von dem er in die Freiheit fliegen kann.

K. wollte übrigens ein paar Wochen später freiwillig durch den Stofftunnel kriechen und war dementsprechend stolz über die erfolgreiche Bewältigung.

Heute, ein Jahr später, hat K. eine Arbeitsstelle in einem Krankenhaus gefunden, hat Mitarbeiter, die ihre Ängste ernst nehmen, und kann so über sich hinausfliegen.

Ein 15 m langer Stofftunnel als Herausforderung für Mut und Geschicklichkeit

Im Spannungsfeld zwischen sozialer Integration und Persönlichkeitsentwicklung

Das „anpassungsfähige“ 10-jährige Mädchen wird zur „kritisch pubertierenden“ 12–14-Jährigen, um anschließend die „suchende“ 16–18-Jährige zu werden. Dass sich in dieser Zeit die Sinnfrage nach dem Leben stellt, Interessen zunehmend verändert werden, Orientierung im Chaos der modernen Reizüberflutung gefordert ist, einschneidende Veränderungen durch Schul- und Berufsabschlüsse auftreten, nehmen wir Erwachsenen nicht nur zur Kenntnis, sondern fordern oft, dass das alles ohne große Probleme oder Krisen zu passieren hat.

Pflegeleichte Jugendliche, die nicht „aufmucken“, wenig Fragen stellen, sich an Gewohnheiten und Traditionen orientieren, trotz globalem gesellschaftlichem Wertewandel und Technokratisierung, sind gefragt. Das Bildungssystem Schule soll dafür sorgen, dass vorhandene Bedürfnisse der Gesellschaft und der Wirtschaft erfüllt werden. Wenn man dazu bedenkt, dass Jugendliche in ihrer Selbstfindungsphase nach Freiheit drängen, die Abhängigkeit von Erwachsenen als Einschränkung erleben, die Loslösung vom Elternhaus notwendig ist, Hinwendung zu Gleichaltrigen dazugehört, versteht man ihre schwierige Situation.

Im Spannungsfeld zwischen sozialer Integration und Persönlichkeitsentwicklung fordern sie, ihren individuellen Lebensstil entwickeln zu können. Dass es in dieser stürmischen Phase durch Probleme zu unausgeglichenen Entwicklungen kommen kann, sollte nicht verwundern. Es muss uns interessieren, welche aufgedrehten und zugeknöpften Bedingungen und Einflüsse auf Jugendliche niederprasseln, um zu verstehen, wie komplex und differenziert ihre Wirklichkeit ist.

Zugeknöpft und aufgedreht

Zwei „extreme“ Ansichten vom „normalen“ Jung-Sein

ZUGEKNÖPFT	AUFGEDREHT
Überängstlichkeit, Introvertiertheit	No risk – no fun! ultimativer Kick, Rauscherlebnisse, Drogen, Kribbeln im Bauch, Nervenkitzel
Einschränkungen, Behinderungen	No limit! Kriminalität, Respektlosigkeit, Suche nach Gefahr, Risiko
Arbeitslosigkeit, finanzieller Notstand	Markenartikelkonsum (z. B. Levis, Young Collection, . . .) Skatergeneration, Piercing
Isolierung, Ausgrenzung, Ausländer-, Behinderten-problematik, Peergroups mit Abhängigkeitscharakter, Außenseiter	Boygrouphysterie Techno–Ravescene, Alkohol, Energiedrinks, Designerdrogen
Selektierunfähigkeit, Kritiklosigkeit, Erlösungsgurus, Sekten	Informationsflut Bravo, MTV, Nintendo
Abwendung von Politik, Kirche und Wirtschaft, Aussteiger, „Null Bock“, Sprachlosigkeit, Egoismus	Freude am Zoff, Zerstörungswut, Konfrontation, Protestjugend, Auflehnung
Leistungsverweigerung, Passivität, No-Future-Haltung, Perspektivenlosigkeit	Karriere-Jugend, Suche nach Action
Anpassungsschwierigkeiten in Schule, Peergroup und Arbeitswelt	gewaltsame Konfliktlösung, Darstellung von Brutalität in Medien und Filmen
Misshandlung, sexueller Missbrauch, Beziehungsprobleme	Sexuelle Freizügigkeit, Beziehungslosigkeit
Stimmungstief, Verzweiflung, überreglementiertes Leben	grenzenlose Freiheit, Oberflächlichkeit

III. WELCHE KOMPETENZEN BRAUCHEN MENSCHEN IM UMGANG MIT JUGENDLICHEN?

Als **BetreuerIn** von Jugendlichen sollte man Bescheid wissen über jugendspezifische Trends, Konsum-, Medien- und Freizeitverhalten. Um mit Jugendlichen reden zu können, muss man ihre Vorlieben, Bedürfnisse und Gewohnheiten respektieren. Berührungsängste helfen nicht weiter, und es gilt Projekte zu entwickeln, in denen Jugendliche Initiativen starten, die Kreativität und Mitbestimmung fördern, denn sonst wird Jugendkultur in Chefetagen von Nintendo und Bravo erstellt.

Als **PädagogIn** sollte man schädlichen Einflüssen mit kritischer Analyse und aufklärender Information begegnen und einen klaren Standpunkt beziehen. Ihre Sorgen ernst nehmen, jugendspezifische Angebote und Materialien bereitstellen, sie unterstützen und Barrieren wegräumen, für die eigene Identitätsfindung Spielraum lassen. Aus „Peer"-Gruppenuntersuchungen (Gleichaltrigengruppen) wissen wir, dass Jugendliche untereinander weit mehr beeinflussen, als uns dies als PädagogInnen oder Eltern möglich ist. In Gleichaltrigengruppen wachsen Beziehungsqualitäten, die wertvoll oder gefahrvoll wirken können. Jugendliche haben heute mehr Freiheiten, aber die sinnvolle Gestaltung dieser ist für sie nicht einfacher geworden. Eigenes Tun wird oft sinnlos gesehen, Medienangebote bewirken Passivität, Computer täuschen Kommunikation vor, und wenn sie finanziell nicht mithalten können, geraten sie rasch an den Rand ihrer sozialen Gruppe.

Erzählen nutzt nix, erfahren schon . . .?

Jugendliche glauben zudem nicht Erzählungen oder Belehrungen, sondern der eigenen Erfahrung und der Verarbeitung eigener Erlebnisse. Erlebnisse sind handlungsleitend für die Zukunft und prägend für Einstellungen, Interessen, Motivationen oder Vermeidungen. „Learning by doing" ist eben nicht nur ein Schlagwort. Schlüsselerlebnisse werden oft erst nach Jahren als solche erkannt.

Information und Einfühlungsvermögen

Bewegungsinhalte bieten sich besonders an, Lösungsmöglichkeiten, Strategieentwicklung, gemeinsames Handeln, Kreativität und Leistungsbewältigung zu erleben. Dazu aber die entsprechende Atmosphäre und transparente Strukturen zu schaffen, lösbare Bewegungsaufgaben zu initiieren, prozessorientiertes Handeln zu fördern, braucht nach meiner Meinung neben Einfühlungsvermögen auch die nötigen Informationen ihrer realen Lebenssituation. Arbeit mit **Jugendlichen** ist Arbeit mit Menschen, die **die Ergebnisse dieser Gesellschaft** sind.

In Orientierungskrisen sollte man ihnen helfen, zukunftsorientierten Optimismus im Gegensatz zu Entmutigung, Frustration, Aggression, Revolte, Suchtflucht oder Kriminalität zu entwickeln. Was muss zerstört worden sein, wenn Jugendliche ihre Lebensziele, Lebenschancen und Lebensperspektiven für eine Droge (Sucht) aufgeben und ohne Lebensenergie in Einkaufszentren und Bahnhofshallen herumhängen.

Ausgrenzen, einschränken, sich wundern über Defizite und Schuldzuweisungen sind nicht zielführend. An Stärken anknüpfen, motivieren und stabilisieren gibt Orientierung und Souveränität. Wir müssen Schlüsselqualifikationen wie Kreativität, Leistungsbereitschaft und Teamfähigkeit bieten, und die **politisch** und **wirtschaftlich Verantwortlichen** müssen ihnen entsprechende Arbeits- und Ausbildungsplätze zur Verfügung stellen.

Qualifikationen fördern, Sinn geben

Ungelöste Arbeitslosigkeit bedeutet einen Tagesablauf ohne Fixpunkte, Freizeit ohne Geld und keine soziale Anerkennung. Für andere wiederum bedeutet der Wettlauf um die Arbeitsplätze Arbeitsdruck in Betrieben, die diese Situation zum betrieblichen Vorteil ausnützen. Besonders bedrückend ist die Tatsache, dass diejenigen überproportional betroffen sind, die sowieso schon benachteiligt sind. Es sind die Behinderten, AusländerInnen und Mädchen.

Die Problematik für **Eltern, Elternteile oder AlleinerzieherInnen** möchte ich noch kurz anreissen. Es ist sehr schwierig, Jugendliche loszulassen und zu vertrauen, dass sie ohne entsprechende elterliche Hilfe den eigenen Lebensweg finden. Eltern wollen grundsätzlich gute Eltern sein und leiden mit ihren Kindern, wenn die Gratwanderung zwischen Über- und Unterforderung nicht gelingen will. Besonders Eltern mit behinderten Kindern haben einen langen Weg an Belastungen hinter sich und wissen, dass Pubertierende starke, belastbare Bezugspersonen brauchen. Es kann schon sein, dass die Kraft ausgeht, wenn "Verhaltensauffälligkeiten" massiv werden und Gespräche und Auseinandersetzungen zu Machtspielen werden. Geraten dabei Eltern in untergeordnete Positionen, sollten sie Hilfe in Anspruch nehmen und ihre elterliche Verantwortung überdenken. Systemisch orientierte Familientherapie kann da gute, hilfreiche Angebote machen und hat unter anderem das Ziel, Jugendlichen die Eltern zu erhalten, damit die Eltern ihre Aufgabe gestärkt und ohne Schuldzuweisung weiter-(zu Ende)führen können.

Leider kein Rezept!

Für **BewegungspädagogInnen** gibt es kein Patentrezept. Wir müssen entsprechend der Gruppe variabel und weiterentwickelnd eigene Modelle erarbeiten. Psychomotorik leistet dabei wertvolle Anregungen und Hilfestellungen. Auch die nachfolgenden Praxisanstöße sind nur einige erprobte Inhalte meiner eigenen psychomotorisch orientierten Arbeit mit jugendlichen Mädchen.

IV. FÖRDERUNG DER HANDLUNGSKOMPETENZ

Die langjährige Beschäftigung mit jugendlichen Mädchen hat mir gezeigt, dass vor allem die nachfolgenden Themen zu den Bereichen Körper-, Material- und Sozialerfahrung in der täglichen Arbeit gut umsetzbar sind.

Bin ich ausgeglichen? Suchen und Finden von äußerem und innerem Gleichgewicht

Körpererfahrung

Den Körper erleben, spüren und kennen lernen mittels

- Gymnastik in abgewandelten Formen (z. B. mit Musik aufbereitet, mit Fitnessgeräten, Turngeräten und -materialien kombiniert)
- Aerobic, Fitnessaktivitäten, Stretching

- Tanz und tänzerische Spielformen
- sich verkleiden, schminken, Bodypainting
- Pantomime, Rollenspiel, Clownerie, Modevorführung, Tanzfestival, Ausdruckstanz, Modern Dance, Jazzdance
- Wahrnehmungsförderung durch Blindenführungen, Tast- und Berührungsmöglichkeiten, Riecharrangements, verschiedene Massageerlebnisse
- Entspannungseinheiten, Phantasiereisen, Meditationsformen
- Herausforderung der Handgeschicklichkeit:
  jonglieren, zaubern, kneten, formen, schneiden, reißen, malen, trommeln
- Befriedigung primärer Bewegungsbedürfnisse:
  schwingen, fliegen, fallen, rutschen, kriechen, klettern, drehen, hängen, rollen, springen, balancieren

Materialerfahrung

Material erleben, spüren und verändern mittels

- sportlicher Materialien:
  Rollschuhlaufen, Rollerskating, Radfahren, Schilaufen, Snowboard, Tennis, Federball, Squash, Badminton, Minigolf, Frisbee, Seilspringen, Hallenbiathlon, Rollbrettralley, Trampolin, Pedalo, Trommeln, Trapez, Ringe (die beiden letzten haben erfahrungsgemäß einen sehr hohen Aufforderungscharakter, weil sie ein „Flow-Erlebnis" vermitteln und die Mädchen Lust am Risiko haben).

Viele dieser Aktivitäten sind auch attraktive familiäre Freizeitmöglichkeiten.

- Abenteuerliche Bewegungssituationen:
  Bewegungsbaustellen, -landschaften und -arrangements im Turnsaal: Berg, Gletscher, Brücken, Treppen, Stege, Rutschen, Wippen, Höhlen, Maschinen, Roboter, Fabrik, Dschungel, Urwald, . . .
- Hallenbaderlebnisse (Material Wasser):
  Schwimm- und Taucherlebnisse, Köpfler, Wasserballett, Wasserball, Floßbau, Schlauchboot, Paddeln, Strandfest, Seeschlacht (besondere Aktualität für adipöse Mädchen).

Sozialerfahrung

Gemeinschaft erleben, spüren und darin zurechtkommen mittels

- gemeinsamer Konstruktion von Bewegungsbaustellen

- Vertrauenseinheiten:
  sich fallen lassen, Blindenparcour, Höhlenlabyrinth, Vertrauensspaziergang, Massagekarussell
- Teamspielen:
  Ballsportspiele wie Volleyball und Basketball mit veränderten Regeln, Materialien (Ballersatz) und Bedingungen
- Tanzgeschichten, Tanztheater, Kontaktimprovisation
- Bewegungsprojekten:
  Jugenddisco, Faschingsveranstaltung, Tanzvorführung, Modeschau, Schwarzes Theater, Workshops, Höhlenexpedition, Geisterbahn, Jahrmarkt, Zirkus, Menschenpyramide, Weltraumgeschichten, Drehtag in Hollywood, Reise in fremde Länder und zu fremden Kulturen, Polarexpedition, Geländespiele, Staffeln, Schneetag, Schitag, . . .

V. BEISPIEL FÜR EIN BEWEGUNGSPROJEKT

Wie vernetzt allerdings die Bereiche Körper-, Material- und Sozialerfahrung sein können, möchte ich an einem konkreten Beispiel veranschaulichen:

Letztes Jahr hatte ich die Aufgabe, mit 23 jugendlichen Mädchen für einen Tag der offenen Tür an unserer Schule eine Show zu organisieren. Wir hatten genügend Vorbereitungszeit, und dadurch war es möglich, den mir so wichtigen ganzheitlichen psychomotorischen Ansatz im Arbeiten zu verwirklichen.

Nach etlichen Vorgesprächen mit den Schülerinnen, in denen wir Ideen und Vorschläge gesammelt hatten, einigten wir uns auf einen Showblock mit Zirkusinhalten, Tanzimprovisation und Hutmodenschau. Näher vorstellen möchte ich nun die Vorbereitungen zur Hutmodenschau, da dort alle Mädchen spontan mitmachten und bereit waren, sich einem Publikum und dessen kritischen Blicken zu stellen. Wichtig erscheint mir in diesem Zusammenhang zu erwähnen, dass für mich „Freiwilligkeit“ und „Sich entscheiden“ maßgebende Kriterien sind für Motivation, Durchhaltevermögen in Krisensituationen, Konfliktbewältigung im sozialen Prozess, erhöhte Belastbarkeit und Anstrengung. Ich bin der festen Überzeugung, dass eine übereilte, bevormundende und schlecht initiierte Einstiegsphase zu Beginn eines Projektes zu einem großen Prozentsatz ein Scheitern verursachen kann.

Wir fixierten im Jänner, welche selbst gestalteten Hutmodelle wir im Juni vorführen wollten. So trafen sich Mädchen, LehrerInnen und ErzieherInnen am Rosenmontag, bepackt mit Körben, Gerüsten, Schachteln, Trockenblumen, Stoffen, Tüll,

Bändern, Papier, Folien, Christbaumschmuck, Abfallmaterialien, Klebe- und Nähutensilien, . . ., um den selbst gewählten Hut kreativ anzufertigen. Es entstanden in entspannter und lustiger Faschingsatmosphäre Hochzeitshüte, Sommerhüte, Waldhüte, Weihnachtshüte, Mode- und Recyclinghüte. Ich, als „Hans Dampf in allen Klassen“, spürte, dass dieser Tag unvergessen bleiben wird. Denn Schülerinnen, LehrerInnen und ErzieherInnen werkten letztlich gleichberechtigt nebeneinander. Es organisierte sich plötzlich alles wie von selbst.

Nun hatten wir also die Vorführhüte. Aber welches Modell passt wem? Wie zeigen wir sie dem Publikum? Wieder mussten viele Gedanken und Einwände besprochen und viele Ideen ausprobiert werden. Einige Turn- und Zusatzstunden wurden mit Schwerpunkten aus Darstellendem Spiel, Pantomime, Tanz und Theater verbracht. Schlussendlich verpackten wir die Modenschau in einem „Hutsketch“:

Ein eigenwilliger Käufer in Lederhosen geht in einen Hutsalon, um sich einen Hut zu besorgen. Die Verkäuferin schafft es nicht, etwas für ihn Passendes zu bringen. So lässt sie Mannequins mit extravaganten Hüten zu jeweils passender Musik antanzen (z. B. Sommerhüte zu „Macarena“, Waldhüte zu „Vogelstimmen“, Hochzeitshüte zu „Ganz in Weiß . . .“). Als sich der Käufer am Schluss aus der formierten Gruppe einen Modehut aufsetzt, der gar nicht zu ihm passt, müssen alle Mannequins laut lachen. Da holt er sich vom Ladentisch einen Tirolerhut und läuft zur Musik „Ich kauf' mir lieber einen Tirolerhut“ voll Freude und unter Riesenapplaus weg.

Unsere Vorführung war ein großer Erfolg und ich möchte allen, die diese Idee auf ihre Gruppe abgeändert anwenden, viel Spaß wünschen und dass die vielen gemeinsam verbrachten Stunden als entscheidende Lernphase für die „Nachpikkelära“ erkannt werden.

VI. NOCH EIN WORT . . .

Aufgedreht bleiben:
  Jeden Tag von neuem,
  mit meinen Möglichkeiten,
  trotz Enttäuschungen.

Mein Zugeknöpftsein akzeptieren:
  weil andere es leichter haben,
  weil ich Umwege brauche,
  weil ich vieles nicht verstehe.

Meinen Weg suchen:
auch wenn er steil ist,
auch wenn Hindernisse ihn verbauen,
auch wenn ich allein bin,

– um schließlich
bei mir anzukommen.

Frei nach Max Feigenwinter
aus: Ganz einfach Mensch sein (Noah-Verlag)

❖ ❖ ❖ ❖ ❖

Christian Theiss, Veronika Pinter-Theiss

In der Mitte des Lebens
Werden und Wachsen als bereits Erwachsener

Gebt Acht!
Alle Kreaturen haben einen Lauf
nach ihrer Vollkommenheit hin.
Alle Kreaturen drängt es
von ihrem Leben
hinauf in ihr Wesen.

Meister Eckhart: Predigt

I. EINLEITUNG

Es mag Sie überraschen, dass dem Kapitel „Zugeknöpft und aufgedreht erwachsen werden" tatsächlich noch zwei weitere Kapitel folgen.

Ist das wirklich notwendig, werden Sie vielleicht fragen, wo doch die Entwicklung des Menschen mit dem Eintritt ins Erwachsenenalter so gut wie abgeschlossen ist?

Am Anfang des 20. Jahrhunderts hätten wir dieser Aussage noch guten Gewissens zustimmen können, denn selbst renommierte Entwicklungstheoretiker wie Erich STERN, Heinz REMPLEIN und Arnold GSELL – alle Vertreter einer endogenetischen Entwicklungsauffassung – vertraten die Ansicht, dass Entwicklung im Erwachsenenalter abgeschlossen ist[1]. Die Erwachsenenentwicklung und die Alterungsprozesse wurden nicht thematisiert. Das ist natürlich eine Einschränkung, die den Blick für wichtige Veränderungen und Chancen im individuellen, aber auch gesellschaftlichen Erwachsenenleben übersieht.

Heutzutage ist der Vorgang des „Alterns" zum Forschungsgegenstand geworden. Altern wird hierbei als ein Prozess beschrieben, der mit der Geburt beginnt und mit dem Tod endet. Dieser Prozess wird im Hinblick auf ganz unterschiedliche Fragestellungen analysiert und diskutiert. Allerdings ist es auch hierbei so, dass das mittlere Erwachsenenalter im Vergleich zum hohen Alter als eigenständige Lebensphase weniger Aufmerksamkeit erzielt hat, was sich erst gegenwärtig zu ändern scheint.

Dazu wollen wir mit diesem Artikel unseren Beitrag leisten und den Lebensabschnitt „Erwachsenenalter" unter der Fragestellung: „Was ist eine handlungskompetente erwachsene Persönlichkeit?" beleuchten.

II. WAS BEDEUTET ERWACHSEN-SEIN?

„Entwicklung heißt Erwerb von Kompetenzsystemen.“[2] Welche Kompetenzen braucht ein erwachsener Mensch, um ein harmonisches Leben zu führen? Um diese Frage beantworten zu können, ist es notwendig, das Erwachsenenalter ein wenig genauer zu unterteilen. In der Literatur sind dazu unterschiedliche chronologische Einteilungen getroffen worden. Wir orientieren uns an der Systematisierung von HARRIS, PAGE und BEGAY (1988), die folgende Einteilung vornehmen: junges Erwachsenenalter (17–23 Jahre), Erwachsenenalter (24–40 Jahre) und mittleres Erwachsenenalter (40–65 Jahre). Die Strukturierung der Lebensspanne erfolgt aber nicht nur in chronologischer Weise. Ebenso werden für eine Gliederung Lebensereignisse herangezogen, die mit sozialen und biologischen Faktoren wie Berufseintritt, Heirat, Geburten von Kindern, . . . einhergehen.[3] Je nachdem in welcher Phase des Erwachsenenalters sich ein Mensch also befindet, sind es andere Kompetenzen, die er braucht, um sein Leben erfüllend zu gestalten.

Vom Alter sind auch die Entwicklungsaufgaben abhängig, die eine Person sich selber stellt oder die an sie herangetragen werden. „Eine 'Entwicklungsaufgabe' ist eine Aufgabe, die in oder zumindest ungefähr zu einem bestimmten Lebensabschnitt des Individuums entsteht, deren erfolgreiche Bewältigung zu dessen Glück und Erfolg bei späteren Aufgaben führt, während ein Misslingen zu Unglücklichsein, zu Missbilligung durch die Gesellschaft und zu Schwierigkeiten mit späteren Aufgaben führt. . . . Die EA einer bestimmten Gruppe haben ihren Ursprung in drei Quellen: (1) körperliche Entwicklung, (2) kultureller Druck (die Erwartungen der Gesellschaft) und (3) individuelle Wünsche und Werte.“[4]

Erik H. ERIKSON formuliert für die Phase des jungen Erwachsenen den Aufbau tragfähiger Partnerschaften mit Intimität auf der Basis einer geklärten Identität und den Eintritt ins Berufsleben als Hauptaufgaben des Entwicklungsgeschehens. Im Alter zwischen ca. 25 und ca. 40 Jahren sollte die soziale Einbindung so weit gelingen, dass daraus das Bedürfnis resultieren kann, sich fürsorglich und gebend anderen Menschen – meist eigenen Kindern – zuzuwenden. Jedoch darf hierbei Elternschaft noch nicht automatisch als die gelungene Erfüllung des Wunsches, etwas 'für die Ewigkeit' geleistet zu haben, betrachtet werden.

Prinzipielles Ziel der Lösung einer Entwicklungsaufgabe ist es, die Freiheit zu gewinnen, sich einer neuen Entwicklungsaufgabe zuwenden zu können und auf diesem Weg eine selbstständige, voll handlungsfähige Persönlichkeit zu werden. Diese Vorgehensweise ist grundsätzlich altersunabhängig, die Tatsache aber, dass jemand zielgerichtet seine Entwicklung in die eigene Hand nimmt, trifft mehr für Erwachsene zu.

III. FÖRDERUNG DER HANDLUNGSKOMPETENZ

Bedeutung des Körpers im Erwachsenenalter

Der Prozess der lebenslangen Entwicklung manifestiert sich am sichtbaren körperlichen Alterungsvorgang, der auch im Erwachsenenalter beinahe täglich vor Augen führt, dass niemand so bleibt, wie er oder sie ist.

Das Äußere des Körpers: die Attraktivität

Mit 17 war es für jede und jeden selbstverständlich, mehrmals täglich in den Spiegel zu schauen, Pickel auszudrücken, Zähne zu blecken, Rundungen abzutasten, Muskeln zu spannen und Körperdehnungstests zu machen. „Wie einer gebaut ist und in welchem Ausmaß er sich bewegen kann, ist für sein Ich-Bild wahrscheinlich wichtiger als irgendetwas sonst.“[5]

Mit 27 lächelt man dem Spiegelbild nicht mehr so regelmäßig zu, denn die Aufgabe attraktiv und begehrenswert zu sein, hat schon abgenommen – die Traumfigur hat ihren Erfolg in Form einer Traumfrau oder eines Traummannes schon erbracht.

Mit 37 – im verflixten 7. Ehejahr – gibt er sich noch einen kleinen Kick, es ist ja noch nicht zu spät, so alt ist er noch gar nicht, und irgendwo gibt es da eine, der er gerne gefallen würde.

Mit 47 ist der tägliche Blick in den Spiegel eher ein tägliches Kümmernis, wenn nicht sogar Ärgernis: Erste graue Haare, zunehmend mehr „Lachfalten“ und überdeutliche Rundungen ersetzen die tolle Tolle, das ultraweiße Lächeln und die schwindenden Muskeln.

Mit 57 bereiten sich die einen langsam auf den Pensionsschock vor, und andere warten auf 66, mit denen bekanntlich das Leben erst so richtig anfängt.

Es besteht die weitverbreitete Meinung, dass vom Äußeren eines Menschen auf seine Qualitäten geschlossen werden kann.[6]

Das körperliche Erscheinungsbild und die mehr oder weniger große Attraktivität der sichtbaren Körperteile und Körperformen ist ständiges Aushängeschild jeder Person. Anerkennung, Lob und Begehren fallen jeder Person zu, wenn die Einheit zwischen Körper, Geist und Seele gegeben ist und wenn der Körper seine funktionale, seine anziehende, seine sexuell-fortpflanzende und seine soziale Aufgabe gut erfüllt.

Der Körper gilt als Repräsentant der Lebenseinstellung, der Weltanschauung, der Vitalität, der Ziele im Leben. Der Körper dient der Präsentation des Selbst in einer Welt und Gesellschaft, die Attraktivität zu einem ihrer heimlichsten, aber unbestreitbar wichtigsten Kriterien für Erfolg erhoben hat. Neuere Forschungen zeigen, dass „Beautism“ eine Form der Diskriminierung ist, genauso wie Rassismus oder Sexismus. „Attraktive Menschen, sowohl Frauen als auch Männer, genießen eine Menge sozialer Vorteile: Sie lernen schneller neue Leute kennen, sind erfolgreicher in ihrer akademischen Laufbahn, haben eine stabilere psychische Gesundheit und sie besitzen mehr Überzeugungskraft.“[7]

In diesem Zusammenhang stellen wir aber ganz bewusst die Frage, ob 180 cm Körpergröße und die angeblichen Idealmaße 90 – 60 – 90 der alleinige Schlüssel zum Glück sind. In unserem Sinne geht es nämlich vielmehr darum, das Individuelle und Charakteristische des Einzelnen zu entdecken und herauszukehren, den persönlichen Stil zu entwickeln und die Verbindung von Herz und Hirn körperlich sichtbar zu machen. Denn „von den Entwicklungsbedingungen, die nicht selbstverständlich gegeben sind, ist die zentrale und letztlich entscheidende die, dass das Individuum sich selbst akzeptiert, positiv erlebt, ja schließlich mag, und zwar so, wie es eben ist.“[8]

Die Funktionsfähigkeit des Körpers – Pflege nach innen und außen

Autohersteller scheuen sich nicht, die Wichtigkeit des fahrbaren Untersatzes mit der eines Freundes gleichzusetzen. Sie betonen, dass entsprechende Aufmerksamkeit und Pflege mit Verlässlichkeit, Treue und Langlebigkeit belohnt werden. Davon beeinflusst, kalkuliert jeder Autobesitzer die Lebensdauer seines Wagens, plant Nutzung und Revitalisierung, kümmert sich um Wartung und eventuelle Erneuerungen. Wie aber versorgt jener Autobesitzer – und wie versorgen Sie – die „Hülle der eigenen Seele“, die keine so große Lobby hat wie die Autoindustrie?

Jeder Körper hat im Lebensabschnitt des Erwachsenenalters gerade erst die Hälfte seiner Leistungszeit erreicht. Dennoch befindet er sich meist schon seit einiger Zeit im Stadium der reinen Aussnutzung und des Abbaus.

Neben der Ausdauerleistung des Körpers, die schon darin besteht, die lebenserhaltenden Funktionen wie Atmung, Kreislauf, Stoffwechsel usw. aufrechtzuerhalten – welche Maschine hält 80 Jahre Dauerbelastung aus? – hat jeder Körper ständig spontane Höchstleistung zu vollbringen. Mit 20 waren drei aufeinander folgende Nächte in der Disco und tagsüber für eine Prüfung zu lernen oder zu arbeiten eine Herausforderung, der sich viele gerne gestellt haben, mit 30 ist die Strapaz einer Ballnacht schon von zwei Tagen Leiden begleitet, und mit knapp 45 müht man sich gerade noch auf den Maturaball des Sprösslings, um zu sehen, gesehen zu werden und kurz nach der Mitternachtseinlage heimlich zu verschwinden. Untrainiert eine Woche Ski zu fahren, geht mit der Grundkondition des jugendlichen Körpers auch leichter als mit 10 Kilo Übergewicht und Fettpolstern, die sich in 20 Jahren sitzender Tätigkeit gut etabliert haben.

Hätte die westliche Gesellschaft heutzutage einen etwas sensibleren Umgang mit dem Körper, würden die Kosten für Gesundheitswiederherstellung und Krankheitssymptomreparatur nicht so dramatisch in die Höhe schnellen. Die Millionen, die für „Gesundheitsvorsorgeaktionen", wie z.B. Herzkreislaufpässe, ausgegeben werden müssen, könnte sich der Staat sparen, würden nur die geringsten und einfachsten Prinzipien eines körperbewussten Lebens beherzigt: regelmäßige Bewegung, gesunde fettfreie Nahrung, weniger Hektik und Stress.

„Gesundheit findet im Alltag statt, nicht im medizinischen System. Das Alltägliche aber ist uns häufig zu selbstverständlich – es entschwindet fast unserem Bewusstsein. In unserer westlichen Kultur pflegen wir unsere Gesundheit nicht wirklich – unsere Körperfunktionen sollen funktionieren, damit wir unseren gesellschaftlich umschriebenen Pflichten nachgehen können (!), und es scheint, dass für diese Pflichten der Körper immer weniger Bedeutung hat."[9]

„Die körperliche Konstitution gibt die Unter- und Obergrenzen für die Entwicklungsmöglichkeiten vor. Sie ergibt sich teils durch Reifung, teils als Ergebnis aktiver Übung."[10]

So sehen wir es als eine Aufgabe des erwachsenen Menschen, seinen Körper zu pflegen, ihn in Schwung zu halten, bewusst Reize zu setzen, die eine Herausforderung sind, aber keine Überforderung. Für eine zufriedenstellende Lebensführung ist es wichtig, mit dem dafür notwendigen „Material" verantwortungsvoll umzugehen, d. h. einerseits Knochen, Gelenke, Muskeln, Sinnesorgane, . . . ständig angemessen zu nützen und zu schulen, andererseits psychische Belastungen so gering zu halten, dass diese keine Möglichkeit bekommen, den Körper zu belasten. So ist es besser, Ärger auszuleben als hinunterzuschlucken und sich dabei ein Magengeschwür zu züchten, es ist besser, Verantwortung abzugeben, als sie sich auf die Schultern zu laden und Rückenschmerzen zu erleiden, und es ist besser, Probleme in der Partnerschaft oder der Familie anzusprechen als zurückzuhalten und unter dem angestauten Druck Herzschmerzen oder Atemnot zu bekommen.

Der Körper in der Krise – Wechseljahre und Midlifecrises

Im Alter zwischen ungefähr 40 und 55 Jahren tritt die sogenannte Lebenswende auch in Form eines seelisch – geistig – köperlichen Umbruchs namens *Wechseljahre* ein. Verena KAST schreibt: „In der Zeit der Lebenswende ist es nicht mehr möglich, die Tatsache der Endlichkeit des Lebens, der begrenzten Lebenszeit, des Sterbenmüssens und damit des Hinlebens auf den Tod zu leugnen. Zwar altern wir ständig, in dieser Phase kommt es uns aber ganz besonders zum Bewusstsein."[11]

„Gerade auch aus psychologischer Sicht sind die somatischen Veränderungen, die den Alterungsprozess ausmachen, von großem Interesse angesichts ihrer vielfältigen Rückwirkungen auf das Verhalten und Erleben des alternden Individuums."[12]

Diese Übergangszeit ist eine natürliche Entwicklungszeit im Leben des Menschen, mit Entwicklungsaufgaben und Chancen, sich noch einmal auf sich selbst zu besinnen, Pläne und Träume aus der Jugend auf ihre Erfüllung hin zu überprüfen und Identitätsunsicherheiten, die auch aus den Veränderungen im Körper resultieren, zu bearbeiten. Weil die Identität von sich als fortpflanzungsfähige Frau nicht mehr aufrechterhalten werden kann, müssen Rollenbilder überdacht und neue Aufgaben gefunden werden.

Als männliches Gegenstück stellt sich in der *Midlifecrises,* die häufig im Bereich der spöttischen Abhandlung betrachtet wird, oft die Frage nach der Erfüllung der Lebensziele. Habe ich einen Sohn gezeugt, ein Haus gebaut, einen Apfelbaum gepflanzt?

Ist die Erfüllung dieser Lebensziele nicht gelungen, stellt sich die Frage nach einem zweiten Anlauf: Bin ich noch gut genug für einen neuen Anfang, mit all seinen Herausforderungen? Traue ich mir das zu, oder ist es eher eine Zumutung, und ich will eigentlich nur noch in Ruhe dick und satt und konservativ werden?

Früher oder später ist beides schmerzhaft: der Tennisarm vom Spielen mit der um so viele Jahre jüngeren Freundin oder das Bandscheibenleiden vom mit Übergewicht belasteten Sitzen im Bürosessel.

Die Bedeutung der materialen Umwelt im Erwachsenenalter

In diesem Lebensabschnitt scheinen heute zunehmend zwei Erscheinungen Bedeutung zu erhalten, die für eine erfolgreiche Lebensgestaltung entscheidend sind.

„Was Hänschen nicht lernt, lernt Hans nimmermehr" oder
Vom Mut zum lebenslangen Lernen

Lernfähigkeit ist im Umgang mit der materialen Umwelt eine Eigenschaft von stets wachsender Wichtigkeit. Die rasche Entwicklung von Geräten, die das Leben erleichtern (speziell technische Artikel), erfordern eine alltägliche Bereitschaft, Neues in seine Hände zu nehmen und auszuprobieren. Wer sich dieser Forderung verschließt, schließt sich aus der Gesellschaft aus, ist nicht „in", verliert Ansehen, Zugehörigkeit, Mut und letztlich seinen Job. Im Konzept der Motopädagogik definiert sich Selbstwertgefühl auch über das Vorhandensein der Kompetenz im Umgang mit seiner materialen Umwelt. Je leichter die technischen Hilfsmittel (z. B. Computer, Camcorder, Videogames, Mountainbikes, Farbkopierer, . . .) zur praktischen Lebensgestaltung begriffen und genützt werden, umso größer ist das Selbstwertgefühl, umso besser ist der Status in der Gesellschaft – ganz unabhängig vom Lebensalter.

Die Bereitschaft, sich auf Neues einzulassen, die Herausforderung, die so manches Gerät an uns stellt, anzunehmen und es anschließend stressfrei bedienen zu können, bringt Sicherheit im Alltag, nicht nur im technischen, sondern auch im sozialen Bereich (z. B. mit den eigenen Kindern, FreundInnen, KollegInnen), erspart Zeit und Geld und hält Geist und Körper wach.

Vom mutigen Umgang mit moderner Technik

Was ist eigentlich sinnvolles Dasein?

Die zweite Erscheinung knüpft sich unmittelbar an – um dazuzugehören, um erfolgreich und selbstbestimmt zu sein, muss der Mensch des ausgehenden 20. Jahrhunderts ein Leben lang bereit sein, nicht nur Neues zu lernen, sondern auch Interesse haben, neue sensorische Erfahrungen zu machen – ein Bungyjump ist nicht nur ein prestigeträchtiges Erlebnis, sondern auch eine sensorische Sensation. Ein Lauf über glühende Kohlen kann zwar durchaus psychotherapeutische Gründe haben, ist demnächst aber Voraussetzung für jeden Job als SozialarbeiterIn. Das Erkennen des Unterschiedes zwischen einem steirischen Zweigelt und einem französischen Burgunder gehört bald zur Aufnahmebedingung für das sonntägliche Mittagessen bei Tante Hilde.

„In der Tat beschränkt sich das Lernen nach der Pubertät auf das Erwerben praktischer und fachlicher Kenntnisse, während die eigentliche d. h. nicht spezialisierte Weiterentwicklung nur zufällig und in Ausnahmefällen fortgesetzt wird."[13]

„Handlungen verschaffen neue Erfahrungen, aus denen oft neue oder verbesserte Kompetenzen resultieren. Wer reist, lernt sich in Bahnhöfen, Flughäfen, mit fremdem Geld, etc. zurechtzufinden. ... Wer gerne Fußball spielt, wird daraus unversehens manchen Entwicklungsgewinn beziehen, z. B. Geschicklichkeit, eventuell Selbstsicherheit, körperliche Stärke und Ausdauer, etc."[14]

Das soziale Leben im Erwachsenenalter

Im Lebensabschnitt Erwachsenenalter zeigt sich die Wirkung der Identitätsstärke, des Selbstwertes und der Handlungskompetenz am häufigsten und schnellsten im sozialen Zusammenleben – besonders in Situationen mit der unmittelbaren LebenspartnerIn, Kindern, FreundInnen und ArbeitskollegInnen.

Der Mensch orientiert sich im Übergang vom Adoleszenten zum jungen Erwachsenen vom Einzelgänger zur partnerschaftlichen „Hälfte", die sich ihre zweite Hälfte sucht – wie wir es auch aus der griechischen Mythologie kennen. Fragen und Themen des jugendlichen Revolutionärs weichen Überlegungen über das Zusammenleben. Vom „Ich" komme ich zum „Wir", das mehr als nur Ich und Du, sondern über kurz oder lang auch Ich und Du und Kind(er) bedeutet. Die Prioritäten wechseln: von der Zweck-Wohngemeinschaft über den geförderten Gemeindebau vielleicht einmal ins Traumhaus, vom Alternativ- ins Patschenkino und vom monatelangen Tramperurlaub zum zweiwöchigen Urlaub in einem kinderfreundlichen Club.

Anhand von drei Beispielen wollen wir zeigen, wo die Tücken der sozialen Themen im Erwachsenenalter liegen können, und welche Aufgaben sich ergeben, wenn man ernsthaft aus der einen oder anderen Sackgasse wieder herausfinden möchte.

Kommunikation

Kommunikation – ein Schlagwort in der Wirtschaft und in den Medien, aber auch der „Durchschnittsmensch" weiß, dass ein Rhethorikkurs sowohl bei der Arbeitssuche als auch im Beruf helfen kann. Und uns allen ist klar, dass es neben der Sprache auch noch die nonverbale Kommunikation gibt, die den Großteil der zwischenmenschlichen Information trägt. Trotzdem nützt uns all dieses Wissen oft nicht, wenn es um Verständigung und Verständnis zwischen Menschen geht, die sich schon „eine halbe Ewigkeit" kennen.

Nach ein paar aufregenden Monaten, in denen jedes kleine Detail ausgetauscht und geteilt werden muss, reduziert sich das Interesse an der PartnerIn, beide gehen wieder den jeweils eigenen Interessen und Aufgaben nach, und erzählt wird nur noch das Wichtigste. Der Rest der Information ist nicht mehr sooo neu bzw. Wiederholung. Die Folge ein paar Jahre später ist das Klischee oder die Tatsache: „Er erzählt nichts von sich und seinem Leben und seiner Entwicklung!" „Sie hört sowieso nie zu und spricht immerzu." Ein scheinbarer Widerspruch und ein klassisches Phänomen, das aber auch aus einem geschlechtsspezifischen Blickwinkel betrachtet werden muss.

Frauen und Männer sprechen nicht dieselbe Sprache. Der Unterschied ist vergleichbar mit dem sprachlichen Unterschied von zwei verschiedenen Kulturen, nur, dass wir uns hierbei nicht über Bedeutungs- oder Formulierungsunterschiede wundern. „Wenn Erwachsene ihr Gesprächsverhalten schon als Kinder in getrennten

Welten sozialer *Peer*-Kontakte lernten, dann ist Kommunikation zwischen Männern und Frauen interkulturelle Kommunikation."[15]

Doch welche Möglichkeiten gibt es, diesem Dilemma zu entkommen?

Kommunikation hat immer zwei Seiten: die Seite des „Sendens" und die Seite des „Empfangens". Wir können davon ausgehen, dass eine Sendung immer zu komplex ist, als dass sie vollständig empfangen werden könnte, nichtsdestotrotz ist es die Aufgabe des Empfangenden, möglichst viele Kanäle zu öffnen. D. h. auf Tonlagen zu reagieren, Bewegungen und Körperhaltungen wahrzunehmen, den anderen ausreden zu lassen, bei Unverständnis nachzufragen, usw.

Die Aufgabe des Senders hingegen ist auch keine leichte, denn die Information (Aufforderung, Wunsch, Bitte, . . .) soll klar und ehrlich sein.

Die Aufforderung „Sag, was du denkst" klingt so simpel wie die Aufforderung „Sei die / der, die / der du bist" und ist genauso schwierig. Bedeutet sie doch immer, zu wissen, was mann oder frau gerade will, keine Scheu vor einer ungeliebten Reaktion zu haben oder scheinbar keine Rücksicht auf die Umwelt zu nehmen. Gegen die weit verbreitete Meinung, dass nur EgoistInnen genau das sagen, was sie denken, spricht, dass genau diese Menschen am klarsten mit ihren Wünschen umgehen, keine Gefühle verstecken oder mit versteckten Schuldgefühlen „arbeiten", dass sie vielleicht an sich als erstes denken, aber danach für andere und/oder anderes Zeit haben und „frei" sind.

Das ist aber noch kein Freipass für egoistisches Verhalten, das sich aus Unhöflichkeit, Ignoranz und Selbstherrlichkeit zusammensetzt.

Das „Gedankenlesen" ist eine Kunst, die schon immer Bewunderung hervorrief. Natürlich macht die lange Vertrautheit das Gedankenlesen leichter möglich und ist für ein liebevolles Zusammenleben eine wunderbare Eigenschaft: „Weil ich jetzt weiß, dass du in diesem Augenblick ein Bier / Blumen liebst, habe ich dir die kleine ‚Überraschung' schon bereitgestellt." Ist diese Umsicht jedoch nicht gleich verteilt, leidet ein Teil sehr bald unter der empfundenen Vernachlässigung.

Oft ist es aber so, dass in einer lang eingespielten Paarbeziehung mann / frau nur zu wissen scheint, was die PartnerIn will, und versucht, in vorauseilendem Gehorsam das Richtige zu tun. Aber wie übertrieben wird dieser Beweis der Aufmerksamkeit, wenn sie bereits weiß, welches Fernsehprogramm für ihn gut ist, und wenn er Freundinnen für sie einlädt.

Letztlich geht es wohl darum, einen gesunden Mittelweg zwischen sinnvoller Erfüllung wahrgenommener Vorlieben und Wünsche und Bevormundung oder Degradierung eines freien Menschen zu finden.

Zusammenfassend: „Wenn wir die Unterschiede in dem, was ich Gesprächsstil nenne, verstehen, sind wir vielleicht noch immer nicht in der Lage, die Entstehung von Meinungsverschiedenheiten zu verhindern, aber wir haben eine größere Chance zu vermeiden, dass sie außer Kontrolle geraten. . . . Zu verstehen, wie der andere redet, ist ein Riesensprung hinweg über den Graben, der die Verständigung zwischen Männern und Frauen so schwierig macht, und ein Riesenschritt hin zur Öffnung von Kommunikationswegen."[16]

Nähe – Distanz

Wie viel Nähe verträgt eine Beziehung? Anfangs kann es nicht genug sein, und später regelt das Leben die zwischenmenschliche Entfernung von selbst!

Jede Beziehung braucht die Dynamik des Angezogen-Werdens und des Sich-Entfernens, und noch dazu in einem wechselnden Ablauf, der die Spannung und das Prickeln aufrechterhält, weil sich diese sonst zu verflüchtigen drohen. Es wäre schön, hier ein Kochrezept zu haben und schreiben zu können: Z. B. man nehme ein bisschen Sehnsucht, ein paar Kilometer Entfernung, zwei kuschelige Liebesnester, einen Partnerabend pro Woche, einen Familienausflug pro Wochenende, 6 Urlaubswochen gemeinsam, drei Auslandsreisen alleine und 7 Tage FreundInnenurlaub, mische gut durch, und das perfekte Verhältnis zwischen „Komm näher!" und „Komm mir nicht zu nahe!" ist fertig.

Leider ist das aber nicht so einfach, und so wird es wohl in jeder Partnerschaft immer ein „Handeln" um Stunden, Tage und Widmung von Zeiten geben – vielleicht, weil es der Beruf so vorgibt, vielleicht weil die Wünsche und Vorstellungen des jeweils Einzelnen divergieren. Wichtig scheint uns hierbei aber vor allem die Fairness im Handel um freie Zeiten: Wünsche aussprechen, klare Forderungen und Angebote, eindeutige Kompromisse und Zugeständnisse sowie die Gewissheit um eine Ausgewogenheit der Erfüllung der Wünsche – was nicht heißt, dass beide unbedingt dasselbe erfüllt bekommen müssen, um jeweils glücklich zu sein. Auch diese Einsicht kann die Problemlösungskapazität ungemein steigern.

Nähe und Distanz sind für die MotopädagogIn und aus psychomotorischer Sicht ein besonders spannendes Thema, nicht nur die Partnerschaft betreffend. Wir alle kennen die Aussage, dass uns eine Person näher steht als eine andere. Sich näher stehen ist eigentlich eine räumlich-körperliche Beschreibung, meint in diesem Fall aber, dass uns diese Person sympatischer, lieber ist.

Unserer Meinung nach ist es daher auch im Erwachsenenalter noch einmal eine spezielle Aufgabe und Herausforderung, erspürte und erkannte Sympatieunterschiede auch körperlich zum Ausdruck zu bringen. Auch wenn es viel Mut bedarf, eine Person aus einer an sich gleichgestellten Gruppe zur Begrüßung zu umarmen und zu küssen, einer anderen Person hingegen „nur" die Hand zu reichen.

Macht

In welcher Beziehung geht es letztendlich nicht um Macht?

Wer hält wen in Schach? In welchen Bereichen sind die Kräfteverhältnisse ausgewogen oder unausgeglichen?

Bei der Variante „Wer hat die Hose an?" hat eine Person nach außen hin die laute und vordergründige Entscheidungsbefugnis über das Geschehen in der Beziehung. Im klassischen Fall tritt *er* nach außen auf und bestimmt, was passiert. Tatsache hingegen ist, dass *sie* eigentlich schon alles eingefädelt und beschlossen hat und ihn einfach nach außen wirken lässt. Der öffentliche Akt ist ihm wichtig, ihr genügt der Part im Hintergrund.[17]

Die „Schattenregierung" ist ähnlich gelagert wie die „Hosenregierung", aber etwas subtiler, denn ein eingesetztes oder angedrohtes Kampfmittel dirigiert das partnerschaftliche Leben. Berühmte Beispiele sind körperliche Leiden (Migräne, Kreuzschmerzen, . . .). Diese können in dem Moment einsetzen, in dem ein Ereignis in der Beziehung eintritt, das von einem Teil nicht erwünscht und daher vermieden werden soll. Allgemein ist bekannt, dass es Frauen gibt, die gerade dann besonders müde sind oder Kopfweh haben, wenn ihr Mann mit ihnen Sex haben bzw. Liebe machen will. Hier erkennen wir die enge Verbindung zum vorhin besprochenen Thema von Nähe und Distanz. Wenn er ihr innerlich (seelisch) nicht nahe genug ist, will und kann sie ihn auch körperlich nicht an sich heranlassen. Angst und Unehrlichkeit verursachen die Müdigkeit oder Migräne.

Dieses Mittel wird nicht immer eingesetzt, droht aber wie ein dunkelschwarzer Schatten über den PartnerInnen.

Wie sich die Machtverhältnisse innerhalb von Beziehungen gestalten, ist stark von den Persönlichkeiten der PartnerInnen abhängig und kann ganz unterschiedliche Formen annehmen:

Es kann sein, dass zwei Menschen einander *begleiten*, aufeinander schauen, sich aber gegenseitig möglichst viel Spielraum und Freiheit lassen, ohne sich dabei zu verlieren oder fremd zu werden.

Es kann sein, dass eine Person die andere durchs Leben *führt,* an der Hand oder an der langen Leine, mit mehr oder weniger Zugeständnissen an eigene Positionen, letztlich immer die Richtung vorgebend.

Die extreme Variante davon ist das *Dominieren.* Hier wird schon so deutlich Druck auf das „Du" ausgeübt, dass sich die PartnerIn richtiggehend unterdrückt fühlen kann – und wenn sie es fühlt, dann meistes körperlich.

Um wieder ein Beispiel aus dem Bewegungsbereich zu bringen, vergleichen wir eine harmonische, ausgeglichene Beziehung mit einem Tanz. Egal, ob der Rhythmus deutlich zu hören ist oder nicht, egal, wie schnell das Tempo der Musik ist, und

Argentinischer Tango: Beziehungsthemen (Dominanz, Vertrauen, einander annehmen, . . .) mit dem Körper und in Bewegung erleben

egal, wie viel Platz das Paar für seine Drehungen vorfindet, der Tanz gelingt dann, wenn die Körper aufeinander hören, wenn die Führung deutlich ist (egal, wer führt!) und wenn dem Impuls der führenden Person im rechten Augenblick entsprochen wird. Originell und speziell wird der Tanz aber erst dann, wenn innerhalb der vorgegebenen Techniken Platz ist für Figuren, die das Besondere und Individuelle des Einzelnen zum Ausdruck bringen.

IV. TIPPS AUS DER PRAXIS FÜR DIE PRAXIS

Körperhaltungen beobachten

Beobachten Sie über einen gewissen Zeitraum Ihren Körper und seine Haltungen in Ihrem Alltag. Wie viel Zeit verbringen Sie liegend, wie viel sitzend, wie viel Zeit stehend und wie viel in Bewegung? Wie viel Zeit verbringen Sie in der Form, die für Ihren Körper und somit für Sie am angenehmsten ist? Gönnen Sie sich häufiger eine solche Position und korrigieren Sie Haltungen, die Sie als anstrengend, unangenehm und belastend empfinden.

Körperbedürfnissen nachspüren

Hören Sie einmal einen ganzen Tag lang besonders aufmerksam darauf, was Ihnen Ihr Körper sagt. Lassen Sie Ihrem Körper ein bisschen Zeit, auf Anfragen aus der Umgebung zu reagieren, und beziehen Sie diese Reaktion in Ihr Verhalten mit ein. Wenn Ihr Körper z. B. bewegungshungrig ist, dann verzichten Sie doch auf das Auto, auch wenn es vielleicht kalt ist oder regnet – Sie müssen nur etwas früher das Haus verlassen, um trotzdem pünktlich zu sein!

Qualitäten von Materialien mit unterschiedlichen Körperteilen wahrnehmen

Gehen Sie über einen gewissen Zeitraum immer wieder einmal in ein Haushaltswarengeschäft und kaufen Sie sich mit der Zeit verschiedene Bürsten und Schwämme unterschiedlicher Qualität – eine weiche Bürste, eine harte Bürste, eine Bürste mit langen Borsten, eine Zahnbürste, ein Fingerbürsterl, einen Meeresschwamm, einen Bimsstein und was Ihnen sonst noch gefällt. Testen und erspüren Sie die Qualitäten der erworbenen Utensilien, zum Beispiel, indem Sie sich damit massieren (lassen). Konzentrieren Sie sich auf die verschiedenen Empfindungen (wie fühlt sich die Bürste auf trockener Haut an, wie auf nasser?), auf die Differenzierungsmöglichkeiten Ihrer Haut und die Wahrnehmungsfähigkeit der einzelnen Körperregionen. Bald werden Sie herausgefunden haben, welches Material Sie an welcher Stelle Ihres Körpers als angenehm und wohltuend empfinden!

Eine kleine Geschmackssensation erleben

Beißen Sie wieder einmal ganz bewusst in einen Apfel! Machen Sie den Verzehr dieses Apfels zu einem sinnlichen Erlebnis. Ein sinn-voller Genuss bedeutet, den Duft des Apfels zu riechen, die Form und die Beschaffenheit des Apfels zu ertasten, das Geräusch des Abbeißens und Kauens zu hören sowie den Saft des Obstes den Mund erobern zu lassen und den Geschmack der Frucht zu schmecken. Wenn Sie einen Apfel auf diese Weise in sich aufnehmen, verspeisen Sie nicht nur einige Kalorien, aufgebessert durch zahlreiche Vitamine, sondern gönnen Sie Ihren Sinnen auch ein vielfältiges Erlebnis und Ihrem Kopf bunte Bilder aus einem sonnigen Herbsttag – auch an einem regnerischen Winterabend.

Vom mutigen Umgang mit moderner Technik

Suchen Sie sich einen Gegenstand in Ihrem Haushalt, mit dem Sie nicht wirklich gut vertraut sind, z. B. den Videorecorder oder die Waschmaschine. Nehmen Sie sich Zeit und die Herausforderung an, mit diesem Gerät bald genauso gut umgehen zu können, wie die Person, die sich sonst darum kümmert. Lesen Sie die Bedienungs-

Honig pur – ein sinn-volles Erlebnis

anleitung aufmerksam (und werden Sie dabei nicht ungeduldig) und fragen Sie bei der „ExpertIn“ nach, wenn trotzdem etwas unklar geblieben ist. Genießen Sie das Gefühl, die Gegenstände um sich beherrschen zu können anstatt sich von ihnen verunsichern zu lassen!

Komm näher, aber nicht zu nah!

Überprüfen Sie einmal, ob die Nähe / Distanz, die Sie zu Ihrer PartnerIn einnehmen, auch dem Gefühl und Bedürfnis der PartnerIn entspricht. Stellen Sie sich dazu in Ihrer Wohnung möglichst weit voneinander entfernt auf, jedoch so, dass Sie Blickkontakt haben und keine Hindernisse (z. B. Möbel) zwischen Ihnen stehen. Ihre Aufgabe ist es nun, die PartnerIn mit den Worten „los“ und „stopp“ auf Sie zuzubewegen. Das Ziel ist, dass Sie Ihre PartnerIn in einem Abstand von sich selbst positionieren, der für Sie angenehm ist und wo Sie gut im Kontakt mit Ihrem Gegenüber sein können, d. h. eine Entfernung, in der Sie es lange Zeit aushalten können. Merken Sie sich diese Distanz! Danach werden die Rollen getauscht – das „Spiel“ beginnt von vorne. Interessant ist, ob sich die beiden Abstände aus der ersten Sequenz und der zweiten Sequenz voneinander unterscheiden. Wenn ja, ist das eine gute Möglichkeit, um das Thema Nähe und Distanz zwischen den PartnerInnen zu diskutieren. Voraussetzung bei dieser Übung ist absolute Ehrlichkeit!

Wer nimmt welchen Platz ein?

In unserer Gesellschaft ist das Sitzen zur dominierenden Körperhaltung geworden.

Beobachten Sie einmal, wie die Menschen um Sie herum und wie Sie selber, vor allem in Gesellschaft Ihrer PartnerIn oder mehrerer Familienmitglieder, sitzen. Wer nimmt welchen Platz am Tisch ein? Wer sitzt am Eck, wer in der Mitte? Nach welchen Kriterien sind die Sitzplätze, an die sich alle schon lange gewöhnt haben, vergeben worden? Welche Sitzposition nehmen Sie bei welcher Gelegenheit ein – wann sitzen Sie mit überschlagenen Beinen, wann legen Sie die Beine hoch, müssen Sie sich verdrehen, wenn Sie mit Ihrer PartnerIn „geradeheraus" reden wollen, oder sitzen Sie sich gegenüber?

Die Körperhaltung – auch die Sitzposition – kann uns viel Aufschluss geben über die Qualität der Begegnung zweier Personen. Schenken Sie ihr gebührende Aufmerksamkeit!

Heute weiß ich, was ich will!

„Sag mir, was du denkst!" – „Möchtest du es wissen?" – „Du, ich weiß es längst!" – „Meinst du etwa küssen . . .?"

Vielen von Ihnen ist er vielleicht immer noch im Ohr, der Schlager von Peter und Conny. Versuchen Sie einmal einen Tag lang, nicht schon längst zu wissen, was die PartnerIn vielleicht noch nicht einmal gedacht, geschweige denn gesagt hat. Verhalten Sie sich so, wie es Ihnen entspricht, wie Sie sich wohl fühlen, nach den Vorschlägen, die Ihnen Ihr Körper und Ihre innere Stimme machen, und nicht nach irgendwelchen Wünschen, von denen Sie sich einbilden, dass Ihre PartnerIn sie hat.

Erleben Sie die Erleichterung, die Sie sich verschaffen, wenn Sie sich selbst gehorchen. Aus diesem guten Gefühl heraus können Sie dann ganz selbstverständlich und einfühlsam mit Ihrem Gegenüber umgehen.

1 Vgl. Flammer 1993, S. 40 f.
2 Flammer 1993, S. 319
3 Vgl. Oerter et al 1995, S. 447
4 Havinghurst 1956, S. 215, übersetzt durch Dreher und Dreher, 1985, S. 30 in Flammer 1993, S. 305
5 Feldenkrais 1978, S. 60
6 Vgl. Basic and applied social psychology 1995, Vol. 16, No. 3
7 Vgl. Basic and applied social psychology 1995, Vol. 16, No. 3
8 Flammer 1993, S. 116
9 Milz 1994, S. 9
10 Flammer 1988, S. 319
11 Kast 1995, S. 28
12 Oerter et al 1995, S. 441
13 Feldenkrais 1978, S. 39
14 Flammer 1978, S. 302
15 Tannen 1994, S. 46
16 Tannen 1994, S. 332
17 Vgl. Berne 1988

Wiltraud Hofmeister

„Wo ist das Kind in mir?"
Psychomotorik mit alten Menschen

Erst als ich zu begreifen begann,
dass ich selbst eine alte Frau war
(das Wort, zum ersten Mal mich selbst betreffend,
versetzte mir einen heftigen Schlag!),
erst da erschien es mir der Mühe wert,
mich mit dem Alter zu befassen,
nein, nicht mit *dem* Alter,
mit *meinem* Alter .....

Vilma Sturm

I. EINLEITUNG

Ich arbeite in einem Wohnhaus für Pensionistinnen und Pensionisten. Die Menschen, die hier leben und mit denen ich arbeite, sind zwischen 70 und 100 Jahre alt.

Unser Haus gliedert sich in drei Abteilungen:

- das Wohnhaus mit Appartements, in denen die BewohnerInnen im weitesten Sinn selbstständig leben, entweder als Ehepaar oder als Einzelperson;
- die Pflegewohnungen, in denen BewohnerInnen leben, denen es nicht mehr oder vorübergehend nicht möglich ist, selbstständig für sich zu sorgen, die also Hilfestellung durch Diplomschwestern, Pflegepersonal, Therapeuten und Pädagogen benötigen. Diese Menschen leben zu zweit in einem Appartement;
- die Bettenstation, in der Menschen leben, die nicht mehr selbst für sich sorgen können, Betreuung und Pflege rund um die Uhr benötigen.

Der Anteil der männlichen und weiblichen Bewohner in unserem Haus beträgt knapp 15% männlich, 85% weiblich, in der Bettenstation 10% männlich, 90% weiblich.

Als ich hier zu arbeiten begann, fand ich wenig Bewegungsfreude, aber auch wenig Bewegungsangebote vor. Zu Bewegung fiel den meisten nur Turnen oder Gymnastik ein, und dazu fühlte sich wiederum ein überwiegender Teil zu alt. Auch bei aktivierenden Gruppenangeboten hörte ich häufig den Satz: „Was wollen Sie, ich bin einfach zu alt für so etwas."

„Spielen, staunen, ausgelassensein, das ist was für Kinder“, so wurde mir gesagt.

Die Psychomotorik lernte ich erst zwei Jahre später kennen. Und damit begann ich, mein eigenes Älterwerden, meine Arbeit, mein Mich-selbst-Wahrnehmen neu zu überdenken und in die Arbeit einfließen zu lassen. So begann ein langer, spannender, nicht immer einfacher Weg.

II. ALT SEIN HEUTE

Menschen, die heute zwischen 70 und 100 Jahre alt sind, das wurde mir in vielen biographischen Einzelgesprächen bestätigt, haben in der Regel zwei Weltkriege, mindestens aber die Auswirkungen des Ersten und den Zweiten Weltkrieg miterlebt.

Viele von ihnen sind in tiefster Armut und mit **wenig Ausbildung** aufgewachsen. Eine Pensionärin erzählte mir, sie hatte mehrere Geschwister, aber nur ein Paar Schuhe. Die Kinder konnten in der kalten Jahreszeit nur abwechselnd in die Schule gehen, weil sie sich das Paar Schuhe teilen mussten. In der warmen Jahreszeit gingen sie barfuß.

Kinder mussten schon sehr **früh Verantwortung in der Familie übernehmen** und durch mehr oder weniger schwere Arbeit zum Unterhalt beitragen. Zum Kindsein hatten sie wenig Gelegenheit, Spielen war in vielen Familien kein Thema.

Sie hatten auch **nicht gelernt, eigene Bedürfnisse wahrzunehmen**, geschweige denn zu äußern. Kinder hatten kein Recht auf eigene Meinung, denn sie zählten nicht als vollwertige Menschen. So erzählte mir wieder eine Pensionärin, Sätze wie: „Du red erst, wenn du gefragt wirst“ – oder „Solange du in meinem Haus lebst, hast du zu machen, was ich sage“, waren an der Tagesordnung. So waren sie eigentlich kleine Erwachsene ohne Ansehen und Rechte.

Später forderten dann Beruf und eigene Familiengründung – unter schwierigen Lebensbedingungen – die ganze Kraft. **Viele Gefühle** sollten möglichst nicht aufkommen, weil sie in ihrer Heftigkeit vielleicht **zu schmerzhaft gewesen wären**.

So definierte sich die Ich-Kompetenz hauptsächlich über einen leistungsfähigen, gut funktionierenden Körper. Das Zusammenspiel von Körper, Geist und Seele wurde weder innerhalb der Familie noch durch die Schule vermittelt.

In meinen Bewegungsstunden bemerke ich immer wieder, dass die TeilnehmerInnen neben der Freude an der praktischen Erfahrung **großes Interesse an theoretischer Körperkenntnis** haben. Sie wollen wissen, wie ihr Körper funktioniert, welche Möglichkeiten sie (noch) haben und was sie beitragen können.

„Gerade aus psychologischer Sicht sind die somatischen Veränderungen, die den Alternsprozess ausmachen, von großem Interesse angesichts ihrer vielfältigen Rückmeldungen auf das Verhalten und Erleben des alternden Individuums. Beispielhaft sei die abnehmende Leitungsgeschwindigkeit des zentralen Nervensystems genannt, die zu einer verringerten Geschwindigkeit der Informationsverarbeitung (. . .), zu einer allgemeinen Verlangsamung des Verhaltens bis hin zu einer verminderten Affektintensität im Alter (. . .) führt."[1]

Jung, – dynamisch, – schön, – und leistungsfähig sein (das vermittelt uns die Werbung doch tagtäglich), sind auch heute, vielleicht sogar mehr denn je die am meisten gebrauchten Attribute in Zusammenhang mit Ansehen, Erfolg, Geltung und Achtung. Gerade aber diese Aspekte sind es, die sich im Alter verändern und eine Neuorientierung notwendig machen.

Wenn sich **die familiäre Situation des älter werdenden Menschen** ändert, die Kinder aus dem Haus gehen, das Berufsleben in das Pensionsleben wechselt, wenn Freunde und Partner sterben und der alte Mensch plötzlich mit den Gefühlen des Nicht-mehr-Gebrauchtwerdens konfrontiert ist, wenn Äußerlichkeiten mehr zählen als Erfahrung eines langen, gelungenen Lebens, wenn Altsein eher geächtet als geachtet wird, **reagieren viele Menschen mit Rückzug**.

Der Körper beginnt da und dort zu schmerzen, Bewegungen werden mühsamer, soziale Kontakte können oft nur noch wenig oder gar nicht mehr aufrecht erhalten werden. **Vereinsamung ist oft die Folge**.

Damit beginnt ein Kreislauf, der häufig körperlichen, aber auch geistigen Abbau zur Folge hat, der von den Betroffenen in der Regel alleine nicht mehr aufzuhalten ist.

Welche Themen sind im Alter wichtig?

Wir können davon ausgehen, dass Bewegung für den Menschen in jedem Lebensalter eine umfassende Bedeutung hat. *Bewegung ist Leben – Leben ist Bewegung.*

Marianne PHILIPPI-EISENBURGER (1990) hat das Konzept der Psychomotorik im Rahmen ihrer Dissertation für den Lebensabschnitt „Alter" adaptiert und den Begriff **Psychomotorik** beschrieben. „Erhaltung und Entfaltung von Persönlichkeit und Identität durch Lernen des Alterns, für das Alter und im Alter, kann auf verschiedenen Wegen angestrebt werden, die gleichzeitig, sich komplementär ergänzend oder partiell verfolgt werden können. Einer der Wege ist der, den die Motogeragogik beschreitet, indem sie sich der Bewegung bedient: Lernen durch wahrnehmen, erleben, bewegen."[2]

Die Grundlagen der Psychomotorik bleiben die gleichen, jedoch die Lebensthemen und Entwicklungsaufgaben der Personen, mit denen wir in der Motogeragogik arbeiten, sind gemäß dem Alter andere.

Im Bezug auf die **Ich-Kompetenz** ist für ein harmonisches und zufriedenes Leben wichtig:

- die Verfügbarkeit über den eigenen Körper,
- die bestmögliche Beherrschung des Körpers trotz biologisch-organischer Veränderungen,
- eine gute Selbsteinschätzung,
- Lernbereitschaft,
- Selbstaktivierung und Selbstgestaltung des Tages und Lebens,
- aber auch das Annehmen von Einschränkungen.

Die Themen der **Sach-Kompetenz** sind:

- die sich ständig verändernde materiale Umwelt verstehen können und in und mit ihr adäquat umgehen können,
- das Interesse an der Welt wachzuhalten, um an ihr teilhaben zu können,
- Erfahrungen zu nutzen und durch Kreativität den Handlungsspielraum zu erweitern,
- sinnliche Wahrnehmung zu stärken und durch Ausprobieren Erkenntnisse über sich und die Umwelt zu gewinnen.

An dieser Stelle möchte ich nicht verabsäumen, einmal darauf hinzuweisen, dass sich die Verpackungsindustrie – insbesondere bei der Verpackung von Medikamenten – wenig Gedanken macht, wie alte Menschen mit multiplen Behinderungen (stark eingeschränktes Sehvermögen, bewegungsbeeinträchtigte Hand- und Fingergelenke u. v. m.) die Bedienung dieser Verpackungen bewältigen sollen. Dabei zählt gerade diese Personengruppe zwangsläufig zum größten Kundenkreis.

In Bezug auf die **soziale Kompetenz** bekommen folgende Themen einen großen Stellenwert:

- die Unabhängigkeit behalten,
- neue Kontakte knüpfen,
- sich mitteilen, aber auch zuhören können,
- Einfühlungsvermögen haben,
- unterscheiden können, ob eintretende Veränderungen selbstgewollt oder fremdbestimmt sind.

Ziel der Psychomotorik ist die Förderung einer stabilen und harmonischen Persönlichkeit im Alter.

Unsere Aufgabe ist es, den Personen, mit denen wir arbeiten, ein ausgewogenes Maß an Hilfestellung zu geben, diese Lebensthemen und Entwicklungsaufgaben zu lösen.

Freundschaften pflegen und neue Kontakte knüpfen

Im Umgang mit alten Menschen sollte daher die Überlegung *jedes Menschen sein, nicht durch übertriebene Hilfe die Unselbstständigkeit zu fördern, sondern durch unterstützende Hilfe die Selbstständigkeit erhalten zu helfen.*

Es ist mittlerweile durch viele Studien erwiesen, dass alte Menschen, die in Pflegeheimen eigene Entscheidungen treffen konnten / durften, denen Verantwortung übertragen wurde wie z. B. Zimmerpflanzen pflegen, Tiere betreuen, nicht nur fröhlicher und umgänglicher wurden, sondern auch eine höhere Lebenserwartung aufwiesen als die Vergleichsgruppen, die diese Möglichkeiten nicht hatten.

III. FÖRDERUNG DER HANDLUNGSKOMPETENZ

Die meisten Menschen haben eine recht genaue Vorstellung vom Altsein in sich. Vorstellungen, die zu einem großen Teil verfrühte kognitive Festlegungen sind.

Diejenigen Menschen, die in ihrer Jugend ein hoffnungsvolleres Bild vom Alter bekommen haben, werden zum eigenen Alter eine positivere Einstellung haben. Die meisten Menschen haben dieses Bild aber nicht in sich. Wenn wir jung sind, hören wir Aussprüche wie „verknöcherte Alte“, „alter Trottel“, „alter Tattergreis“ oder „senile Alte“ von Leuten mit negativen Vorstellungen vom Alter, bevor wir überhaupt anfangen, uns vorzustellen, selbst alt zu sein.

Aus meiner Erfahrung weiß ich, dass **die Selbsteinschätzung hauptsächlich im Kopf stattfindet**.

Die **geeignete Motivation** zu erreichen, um alte Menschen dazu zu bewegen, Handlungen auszuprobieren, von denen sie überzeugt sind, sie nicht mehr zu können, ist oft gar nicht so einfach.

So ist es z. B. lange Zeit schwer gewesen, die TeilnehmerInnen im Turnsaal zu bewegen, sich auf den Boden zu legen.

„Das kann ich nicht mehr", „da werde ich schwindlig", „Da komme ich nicht mehr auf". Gerade das war aber Ziel in der Bewegungsstunde: „ Welche Möglichkeiten habe / finde ich, nach einem Sturz wieder aufzustehen?"

Dieselben TeilnehmerInnen legten sich spontan auf den Boden bei einer Probe für ein Schattentheater, weil sie damit einen bestimmten Effekt erzielen konnten.

Verstand, Vernunft und Gefühl haben viel miteinander zu tun. Es stehen mehrere Ebenen zur Verfügung, Interesse zu wecken. In dieser Situation war der Zugang über die emotionale Ebene der geeignete.

Ich lerne in meiner Arbeit – wie an diesem Beispiel deutlich wird – auch immer wieder meine eigenen Grenzen als Gruppenleiterin kennen. Es geht darum, die Bedürfnisse der Gruppe zu beobachten und nicht durch meine eigenen Bedürfnisse (weil ich das vielleicht gerne so hätte) die TeilnehmerInnen zu überfordern.

Ich-Kompetenz – Förderung des Körpergefühls

Körpererfahrung ist von Bewegung nicht zu trennen. Die Bewegung ermöglicht es uns, unseren Körper zu erleben, damit aber auch gleichzeitig etwas über uns zu erfahren.

Alte Menschen reagieren sehr langsam, wir müssen ihnen viel Zeit lassen, damit Gedankenleistung stattfinden kann. Der Mensch braucht Bewegung, um sich zu erleben, zur Eigeninformation über sich selbst (dreidimensionales Erleben). Stark bewegungsbeeinträchtigte alte Menschen sind darauf angewiesen, eindimensionales Erleben aufgrund fehlender Bewegung durch Gedankenleistung zu ersetzen und dadurch ihren Körper wieder dreidimensional erfahrbar zu machen.

Wie eine Person ihren Körper erlebt und die Erfahrungen, die ein Mensch mit seinem Körper macht, werden in jedem Alter anders sein. Dazu hier zwei Beispiele:

Eindimensionales Erleben schafft Verwirrung

Für eine Person, die lange bettlägrig ist, wird es wichtig sein, dass sie ihren Körper überhaupt spüren kann. Denn immer in der gleichen Körperlage zu sein, immer die gleiche Bettdecke zu spüren, wenig visuelle, auditive und taktile Reize zur Verfügung zu haben, immer gleiche Reize werden mit der Zeit nicht mehr wahrgenommen.

Den Körper – trotz möglicher Einschränkungen – positiv und leistungsbereit erleben

Bei der Zielgruppe der bettlägrigen Menschen ist Einzelförderung die geeignete Form der Intervention. Das Anbieten vielfältiger Reize, die Motivation zu Eigenbewegung oder umsichtige Fremdbewegung machen den eigenen Körper wieder spürbar.

Schmerzen und Versteifungen

Der aktivere alte Mensch, gewöhnt, dass sein Körper funktioniert und für die Bedürfnisse zur Verfügung steht, erlebt die bis jetzt hauptsächlich unbewussten Bewegungen nun durch schmerzende oder versteifte Glieder.

Ein gelungenes Annehmen und Integrieren der Einschränkungen, das Wiederentdecken verloren geglaubter Möglichkeiten lassen die Konzentration auf die negativen Empfindungen schwächer werden und ermöglichen ein positiveres Erleben des eigenen Körpers. Ein neues, umfassenderes Körpergefühl kann entstehen. Die Person wird sich ihrer selbst bewusster, und gewinnt dadurch einen positiven Selbstwert.

Eine Gruppenteilnehmerin sagte einmal zu mir: „Seit ich zu Ihnen in die Gruppe gehe, mache ich alles viel bewusster."

Ich beobachte auch oft, dass die TeilnehmerInnen aus einer Bewegungsstunde mit aufrechterer Körperhaltung, mit festerem Schritt oder beschwingter nach Hause gehen. Auch erzählen sie mir, dass sie oft, wenn wir in der Stunde tanzen, noch nachmittags das Lied summen und sich in ihrer Wohnung dazu bewegen. Sich dann aber auch manchmal „kindisch" vorkommen.

Sach-Kompetenz – Förderung im Umgang mit der materialen Umwelt

Erwachsenen fehlt oft die sensomotorische Lustebene, sie langweilen sich beim Planen und Aufbauen einer Handlungssituation und finden es dann schade, nur noch wenig Zeit für das eigentliche „Spiel“ zu haben.

Die Befriedigung an der Tätigkeit selbst, die Lust etwas zu entwickeln, die eigene Kreativität zu entdecken, sind Ziele der Förderung. Aber auch die konkret – sinnliche Wahrnehmung in der Auseinandersetzung mit Materialien – wie fühlt sich das an, wie riecht das, klingt dieser Gegenstand, wenn ich ihn bewege – sowie das Ausprobieren und Experimentieren sind Aspekte der Förderung.

Lebenslange Gewohnheiten, wie mit bestimmten Dingen, aber auch Situationen umgegangen wird – und **festgelegte Sichtweisen** zu hinterfragen, öffnet neue Handlungsspielräume und erweitert die Persönlichkeit.

Im Aufgeben der festgelegten Kategorien gewinnen wir wieder die spielerische Leichtigkeit, die bei Kindern so wunderbar zu beobachten ist.

Jedes Ding dieser Welt (Kochlöffel, Kluppen, Zeitung, . . .) ist für einen bestimmten Zweck erzeugt worden. Darüber hinaus hat es aber auch einen bestimmten Appellcharakter. Ein Stab fordert zu anderen Bewegungen auf als ein Tuch. Jeder Gegenstand löst aber auch Empfindungen aus, angenehme, neutrale bis ekelige. Wenn wir uns davon lösen, einen Gegenstand nur verwenden zu dürfen, wofür er gedacht ist, eröffnen sich uns plötzlich unzählige Möglichkeiten, mit unserer Umgebung zu hantieren und umzugehen.

Im Umgang mit Materialien entdecken wir wieder viel über uns selbst, fördern unsere körperliche und geistige Beweglichkeit, unsere sinnliche Wahrnehmung, unser Gleichgewicht, unsere Reaktion u. v. m. und damit wiederum viele Teile unserer Handlungskompetenz. Hier wird deutlich, wie überschneidend die Förderungen sind. Wir setzen zwar Schwerpunkte, da jedoch in den einzelnen Personen die Bereiche wechselseitig verwoben sind, fördern wir gleichzeitig die gesamte Persönlichkeit.

Soziale-Kompetenz – Förderung im Kontakt mit den Mitmenschen

Es gibt viele Gründe, sich zu bewegen.

Wir bewegen uns, um von da nach dort zu gelangen. Wir bewegen uns, um unsere Umwelt zu erkunden, um Erkenntnisse zu gewinnen. Wir bewegen uns aus emotionalen Gründen, z. B. um Wut abzubauen. Bewegung kann aber auch die Ursache einer positiven emotionalen Wirkung sein – wenn wir grantig sind und in den Spiegel lachen, hebt sich die Stimmung.

Die Bewegung ist aber auch ein Mittel, um soziale Kontakte aufzunehmen und soziale Erfahrungen zu machen.

Erhalten und Gestalten sozialer Aktivitäten ist wieder ein wichtiges Thema im Lebensabschnitt „Alter".

Wir können wiederum davon ausgehen, dass jeder soziale Kontakt mit einer Bewegung verbunden ist. Ob das ein Augenzwinkern, ein Sich-zuwinken, ein aufeinander Zugehen, ob sie ein Faktor der Interaktion ist – als Durchsetzung in der sozialen Gemeinschaft – Bewegung ist dazu notwendig.

Bewegung ist aber auch ein Mittel des Ausdrucks und der Verständigung. Ich muss mich bewegen, um *Zuneigung und Zärtlichkeit auszutauschen. All das sind Aspekte des sozialen Kontaktes, der sozialen Erfahrung.*

Die motogeragogische Förderung kann in Bewegungs„stunden" Anlässe schaffen, in denen soziale Erfahrungen gemacht werden können. Zum Beispiel Bewegungsstunden, in denen sich die TeilnehmerInnen beim Miteinander Tanzen aufeinander einstellen müssen, oder Spiele, in denen sie die Möglichkeit haben, gegeneinander zu konkurrieren (Wettspiele, Staffelspiele). Wenn wir Situationen schaffen, wo durch pantomimische Darstellungen Gefühle wahrgenommen und ausgedrückt werden (Rollenspiele), können diese dann vielleicht auch für sich selbst angenommen werden

Ein weiterer Aspekt der sozialen Erfahrung ist, sich durch entspannende Massagen **gegenseitig etwas Gutes tun.**

Diese Versuche und Stundenangebote müssen vorsichtig und mit viel Einfühlungsvermögen dargebracht werden, weil sie mit sehr vielen Emotionen verbunden sein können und wir als GruppenleiterInnen auf Widerstände der TeilnehmerInnen stoßen können.

Die folgenden Beispiele sollen Anregungen sein, wie motogeragogische Bewegungsstunden gestaltet werden können. Sie sollen aber keine starren Vorgaben sein. Es ist wichtig entstehen zu lassen, was eine Gruppe aus einem Thema macht. Wir müssen die Bedürfnisse des Einzelnen und / oder der Gruppe bemerken und darauf eingehen können.

Nicht das Anfüllen mit Angeboten macht die Qualität einer Förderstunde aus, sondern Achtsamkeit auf Bedürfnisse und Tempo der TeilnehmerInnen, eingebettet in einen guten Spannungsbogen.

Wenn ich aufmerksam sein kann auf die Bewegung einer Person, dann wird die Bewegung für die Person wichtig, dann kann sich Vertrauen einstellen, und das wiederum ist die Grundlage für eine gelungene Kooperation.

Ich selbst gebe auch immer das Stundenthema bekannt, sofern es nicht ohnehin von der Gruppe gewünscht wurde.

Damit ist auch immer, neben Spiel und Spaß, die Ernsthaftigkeit und Wichtigkeit der Förderung enthalten.

IV. PRAXISANREGUNGEN FÜR BEWEGUNGSSTUNDEN IN PENSIONISTENHÄUSERN

Die Bewegungsstunden, die ich im Pensionistenhaus anbiete, dauern sowohl auf der Bettenstation als auch im Bewegungsraum 45 Minuten.

Für jede der beiden Zielgruppen, die beweglichen Alten und die Sitzgruppe, gebe ich im Folgenden ein Stundenbeispiel:

Wahrnehmungsdifferenzierung und Gedächtnisschulung

Alle TeilnehmerInnen (TN) der **Sitzgruppe** stellen sich mit dem eigenen Namen vor und nennen einen Gegenstand, der ihrer momentanen Befindlichkeit entspricht, z. B.: Ich fühle mich heute leicht wie ein Luftballon.

Nach der Begrüßungsrunde wird das Thema der Stunde genannt und die Bedeutung des Tastsinns (be-greifen) für die Wahrnehmung besprochen.

Reihum greifen alle TN in eine Tastbox, in der sich verschiedene Alltagsgegenstände befinden. Ein Gegenstand soll ausgewählt und identifiziert werden, um anschließend für die Gruppe beschrieben zu werden (Größe, Oberflächenbeschaffenheit, Temperaturbeschaffenheit, . . .), ohne ihn beim Namen zu nennen. Hat die Gruppe erraten, um welchen Gegenstand es sich handelt, wird er aus der Tastbox herausgeholt und in die Mitte des Sesselkreises gelegt. Haben alle TN einen Gegenstand ertastet, werden diese noch kurze Zeit betrachtet und dann mit einem Tuch bedeckt. Wie viele Gegenstände konnte sich jede Person merken?

Zum Abschluss der Stunde bekommen alle TN noch einmal den von ihnen getasteten Gegenstand in die Hände. Alle schließen die Augen und erinnern sich an ein schönes Ereignis, das sie mit diesem Gegenstand in Verbindung bringen. Dazu kann ruhige Musik gespielt werden.

Soziales Handeln im darstellenden Spiel

Nach einer kurzen Begrüßung gehen alle TN der **Gruppe beweglicher alter Menschen** durch den **Bewegungsraum** und versuchen, das Tempo zu wählen, das gerade passend ist. Langsam soll die Aufmerksamkeit nach außen gerichtet werden, und die anderen Personen sollen mit einem Kopfnicken begrüßt werden. Die Art des Kontaktes wird variiert, z. B. einander zuwinken, sich verbeugen, den fiktiven Hut lüften, einen Knicks machen oder sich gegenseitig die Hand schütteln.

Wenn alle ausreichend begrüßt worden sind, stellen sich die TN im Kreis auf, drehen sich nach rechts, sodass alle den Rücken der jeweils rechts stehenden

Person vor sich haben. Nun wird der Rücken, bei den Schultern beginnend wachgeklopft und wachgestreichelt.

Nach dieser Einstiegsphase ziehen alle TN einen vorbereiteten Zettel, auf dem je eine Zeile eines Gedichts steht. Den Satz lesend, bewegen sich alle Personen im Raum. Wenn man eine andere Person trifft, wird der Satz gegenseitig vorgelesen und das Gelesene mit Gestik und Minik unterstrichen. Die Gruppe soll nun versuchen, sich so im Kreis aufzustellen, dass die einzelnen Sätze – richtig gereiht – das ganze Gedicht ergeben. Ist das gelungen, hat die Gruppe die Aufgabe, den Text szenisch darzustellen und zu präsentieren.

Am Ende der Stunde treffen sich alle TN im Sitzkreis zu einem Erfahrungsaustausch.

V. PRAXISANREGUNGEN FÜR DEN ALLTAG

Da derzeit nur ganz wenige ältere und alte Menschen die Möglichkeit haben, an einem motogeragogischen Förderkurs teilzunehmen, ist es auch wichtig, Vorschläge und Anregungen für den Alltag zu geben.

Körpergefühl – die spannende Entdeckung

Erleben Sie sich heute einmal ganz bewusst.

Beginnen Sie mit dem Blick in den Spiegel. Lächeln Sie in den Spiegel, schaut Ihnen ein finsteres Gesicht entgegen, oder vermeiden Sie vielleicht den morgendlichen Blick auf sich selbst? Wenn Sie anschließend in der Dusche stehen, fühlen Sie einmal ganz bewusst, wie warm und sanft das Wasser über Ihren Körper rieselt. Vielleicht haben Sie sich aber auch für eine kräftige Bürstenmassage entschieden, weil die Haut danach so angenehm prickelt. Wenn Sie nach der Dusche das Handtuch benützen, machen Sie mehr daraus, als nur danach zu trachten, trocken zu werden. Bemerken Sie, wie sich Ihr Brustkorb weitet, wenn Sie, das Handtuch in beiden Händen haltend, Ihren Rücken abtrocknen? Registrieren Sie, wie viele Gelenke sich bewegen, bis der ganze Körper trocken ist? Fällt Ihnen auf, wie oft Sie mit der Schwerkraft und dem Gleichgewicht konfrontiert sind, z. B. wenn Sie ein Bein heben? Vielleicht sitzen Sie aber auch beim Abtrocknen der Füße. Dann kann es spannend sein, wie viel Kraft Sie benötigen, um Ihr Bein gegen die Schwerkraft zu heben, und dass Sie durch den Einsatz Ihrer Muskeln entscheiden, wie schnell oder langsam Ihr Bein wieder auf dem Boden landet.

Wenn Sie sich eincremen, genießen Sie dabei nicht nur den Duft Ihrer Creme, fühlen Sie auch, an welchen Stellen Ihr Körper sanfte Rundungen hat, dic ganz genau in Ihren jetzt ebenfalls gerundeten Handteller passen.

Wahrscheinlich werden Sie noch viel mehr entdecken, weil Sie heute all die automatischen Handlungen bewusst und damit eine wunderbare Entdeckungsreise mit und zu sich selbst gemacht haben.

Der Spaziergang – ein sinnliches Vergnügen

Wenn Sie heute einen Spaziergeng machen, achten Sie einmal darauf, welche Art zu gehen Sie wählen. Schlendern Sie dahin oder sind Sie hastig unterwegs? Ist Ihr Gang federnd und elastisch oder scheint er etwas steif? Finden Sie vielleicht einen Zusammenhang zu Ihrer momentanen Stimmung?

Wie fühlt sich der Boden an, auf dem Sie gehen? Wenn Sie einen Spaziergang mit unterschiedlichen Bodenverhältnissen wählen, achten Sie einmal darauf, welchen Untergrund Sie als angenehm empfinden. Ist es ein federnder Waldboden, eine schottrige Forststraße oder fester, harter Asphalt?

Seien Sie heute mutig und gehen Sie das Wagnis ein, Ihre Schritte für kurze Zeit ohne Blickkontrolle zu setzen. Begeben Sie sich bewusst in die Unsicherheit und spielen Sie mit den verschiedenen Möglichkeiten des Gehens. Vielleicht entdecken Sie Fähigkeiten in sich, die Sie schon lange nicht mehr wahrgenommen haben.

Öffnen Sie nun auch andere Sinne. Wir sind gewohnt, die Welt vor allem mit unseren Augen wahrzunehmen. Machen Sie sich bewusst, dass es auch viel zu hören gibt. Während ich das hier schreibe, höre ich unzählige Geräusche aus unserem Haus, aber auch den leisen, monotonen Straßenlärm. Ihnen wird es auf Ihrem Spaziergang ähnlich gehen. Vielleicht hören Sie – obwohl Sie im Wald sind – Straßenlärm von einer nahen Autobahn, vielleicht hören Sie gleichzeitig das Knacken der Äste, das Rascheln der Blätter und Vogelgezwitscher. Staunen Sie darüber, wie viele Geräusche es um Sie herum gibt. Ruft das eine oder andere Geräusch nicht auch Erinnerungen in Ihnen wach?

Riechen Sie auch einmal ganz bewusst. Steigt vom Boden ein Geruch zu Ihnen auf? Trägt der Wind einen Geruch zu Ihnen her?

Spüren Sie den Wind auf Ihrer Haut? Streichen Sie wieder einmal über eine Baumrinde, über ein Blatt oder lassen Sie Gras durch Ihre Finger gleiten.

Gibt es da, wo Sie gerade sind, auch etwas zu schmecken? Eine Beere oder ein würziges Kraut – oder Sie achten einfach nur auf den Geschmack, den Sie gerade im Mund haben.

Wenn Sie Lust auf eine Rast verspüren, lassen Sie dabei Ihre Augen ganz sanft über die Landschaft gleiten, so als wollten Ihre Augen alles streicheln, worauf sich der Blick richtet.

Wenn Sie sich einen Spaziergang auf diese Weise gönnen, wird er zu einem sinnlichen und sinn-vollen Erlebnis werden.

Dinge aus unserem täglichen Leben – Erfahrungswissen nutzen

Sehen Sie sich in Ihrer Wohnung um. Von wie vielen Dingen sind Sie umgeben, die Sie täglich auf die gleiche Weise benutzen? Wenn Ihr Enkel wieder einmal einen Nachmittag bei Ihnen verbringt, zeigen Sie ihm, dass Zeitungen nicht nur zum Lesen geeignet sind. Wie viele Papierflieger sind schon aus Ihren Händen gestartet? Wie viele Faltspiele und kleine Tricks kennen Sie, die Sie schon lange nicht mehr hergezeigt haben? Spielen Sie mit Kindern in Ihrer Umgebung die Spiele, die Sie schon als Kind gespielt haben und für die nur Alltagsmaterial (Papier, Schnur, . . .) benötigt wird. Sie als Großmutter oder Großvater sind es, die dieses Wissen noch haben und weitergeben können.

Machen Sie ein Hobby daraus, Dinge auf eine andere Weise als eigentlich gedacht zu benützen. Ein Kochlöffel kann zum Reaktionsspiel werden, wenn Sie ihn senkrecht von einer Hand in die andere fallen lassen und schnell fangen, bevor er zu Boden fällt. Die gute alte Wärmeflasche wird zum Schaukelpolster, wenn Sie sich daraufsetzen, der elektrische Rasierapparat zur wohltuenden Belebung müder Füße.

Durch Erfahrung, Wissen, aber auch kreativen Umgang mit Dingen, die Sie umgeben, gewinnen Sie neue Erkenntnisse und werden festgelegte Denkmuster aufgebrochen, und damit wiederum wird die Handlungsfähigkeit erweitert.

Interesse wach halten – Sachkenntnisse aneignen

Vielleicht haben Sie sich schon öfter gefragt, was die jungen Leute nur so an diesem Computer interessiert. Fragen Sie danach und bekunden auch Sie Ihr Interesse. Die „ExpertInnen“ werden Ihnen sicherlich mit Stolz Auskunft geben. Auch wenn Sie nicht alles verstehen, freuen Sie sich einfach daran, interessiert und für Neuerungen offen zu sein. Das Wachhalten von Interesse fördert nämlich ganz deutlich die Annäherung und Kommunikation zwischen den Generationen.

Dort, wo Sie bei allem Interesse Einschränkungen an Beweglichkeit hinnehmen müssen, nützen Sie die vielen kleinen und größeren technischen Hilfsmittel, die es im einschlägigen Fachhandel gibt, um dadurch so weit wie möglich selbstständig und unabhängig zu bleiben.

Soziale Kontakte pflegen

Haben Sie sich schon einmal gefragt, warum Ihre Nachbarin / Ihr Nachbar selten auf Ihren Gruß reagiert? Vielleicht hört sie schlecht, oder er sieht nicht mehr viel und

So höre ich noch jeden Ton – und die Nachbarn hören nichts!

hat Ihren Gruß gar nicht bemerkt. Wenn Sie andere Menschen treffen, spüren Sie nach, ob Sie einen Impuls zur Kontaktaufnahme fühlen. Laden Sie Menschen, mit denen Sie gerne in Kontakt kommen wollen, zu einem Gespräch ein. Möglicherweise will diese Person auch ein Zusammentreffen, ist aber nicht so mutig wie Sie.

Was will ich wirklich?

Sie bekommen Besuch von Ihrer Familie. Sie werden in der Umgebung der vielen Menschen bald müde und nervös. Der Trubel ist Ihnen zu viel, Sie wollen aber nichts sagen, sonst kommt womöglich lange Zeit kein Besuch mehr, oder Sie haben Angst, Menschen, die Sie lieben, zurückzustoßen und zu beleidigen. Kennen Sie diese Situation?

Finden Sie heraus, wie viele Menschen auf einmal Ihnen als Besuch angenehm sind und über welche Zeitspanne Sie diesen Personen Ihre Aufmerksamkeit widmen können. Achten Sie auf Ihr gutes Gefühl für den Moment, in dem Sie genug haben. Sagen Sie laut, wenn es so weit ist! Spüren Sie den Unterschied der Qualität dieser Begegnungen.

❖ ❖ ❖ ❖ ❖

1 Marianne Philippi-Eienburger. Bewegungsarbeit mit älteren und alten Menschen. Reihe Motorik, Bd. 10. 1990

2 Ebd.

Literatur

AUCOUTURIER, B./LAPIERRE, A.: Bruno. Bericht über eine psychomotorische Therapie bei einem zerebral geschädigten Kind. Ernst Reinhardt Verlag, München, Basel 1995

BAER, U.: Mit der Alltagskultur von Kindern und Jugendlichen kritisch und produktiv umgehen. in: Gruppe und Spiel: 20, 1, S. 6–10.Verlag Kallmeyer'sche Verlagsbuchhandlung G.m.b.H., Seelze 1994

BEINS, H.-J./LENSING-CONRADY, R./PÜTZ, G., SCHÖNRADE, S. (Hrg.): Wenn Kinder durchdrehen. Vom Wert des „Fehlers" in der Psychomotorik. Borgmann, Dortmund 1996

BERNE, E.: Spiele der Erwachsenen. Psychologie der menschlichen Beziehung. Rowohlt Taschenbuch Verlag GmbH, Reinbeck bei Hamburg 1988

BEUDELS, W./LENSING-CONRADY, R./BEINS, H. J.: . . .das ist für mich ein Kinderspiel. Handbuch zur psychomotorischen Praxis. borgmann publishing, Dortmund 1994

BOBZIEN, K./PINTER, V.: Leibhaftige Motologie. Leiblichkeit als Basis motologischer Arbeit. Unveröffentlichte Diplomarbeit an der Philips-Universität Marburg/Lahn, Deutschland, 1994

BRINKMANN, A./SPIEGEL, E.: Freizeitsport mit Jugendlichen. Rowohlt Taschenbuchverlag G.m.b.H., Reinbek bei Hamburg 1986

CHAMBERLAIN, D.: Woran Babys sich erinnern. Die Anfänge unseres Bewußtseins im Mutterleib. Kösel, München 1994

DANK, S.: Individuelle Förderung Schwerstbehinderter. Borgmann, Dortmund 1996

DOERING, W./DOERING, W. (Hrg.): Sensorische Integration. Anwendungsbereiche und Vergleich mit anderen Fördermethoden/Konzepten. Borgmann, Dortmund 1990

DOERING, W./DOERING, W./DOSE, G./STADELMANN, M. (Hrg.): Sinn & Sinne im Dialog. Borgmann, Dortmund 1996

EGGERT, D./LÜTJE-KLOSE, B.: Theorie und Praxis der psychomotorischen Förderung. Arbeitsbuch. 2., verbesserte Auflage. borgmann publishing, Dortmund 1994

EGGERT, D./LÜTJE-KLOSE, B: Theorie und Praxis der psychomotorischen Förderung. Textband. borgmann publishing, Dortmund 1994

EGGERT, D./RATSCHINSKI, G.: DMB. Diagnostisches Inventar motorischer Basiskompetenzen bei lern- und entwicklungsauffälligen Kindern im Grundschulalter. borgmann publishing, Dortmund 1993

EGGERT, D.: Theorie und Praxis der psychomotorischen Förderung. Borgmann, Dortmund 1994

ESSER, M.: Beweg-Gründe. Psychomotorik nach Bernard Aucouturier. – Ernst Reinhardt Verlag, München, Basel 1995

FELDENKRAIS, M.: Bewußtheit durch Bewegung. Suhrkamp, Frankfurt am Main 1978

FLAMMER, A.: Entwicklungstheorien. Psychologische Theorien der menschlichen Entwicklung. Verlag Hans Huber, Bern 1993

FRÖHLICH, A.: Entwicklungsförderung schwerstbehinderter Kinder. v. Hase & Köhler Verlag, Mainz 1982

GRUPE, O.: Was ist und was bedeutet Bewegung? In: Hahn/Preising: Die menschliche Bewegung. Human Movement. Hofmann Schorndorf, 1976

HOLLE, B.: Die motorische und perzeptuelle Entwicklung des Kindes. Psychologie Verlags Union, Weinheim 1996

HÜNNEKENS, H./KIPHARD, E. J.: Bewegung heilt. Flöttmann, Gütersloh 1960

IRMISCHER, T./FISCHER, K. (Red.): Psychomotorik in der Entwicklung. Reihe Motorik, Bd. 8, Hofmann, Schorndorf, 1989

IRMISCHER, T: Lehrbrief Grundzüge der Motopädagogik. Aktionskreis Psychomotorik Deutschland, Lemgo 1987

KAST, V.: Krisen auf dem Höhepunkt des Lebens. Das Klimakterium der Frau. In: Intra. Psychologie und Gesellschaft, Nr. 24, 1995, S. 27–31

KIPHARD, E. J.: Die Bewegungsbaustelle geht neue Wege. In: Praxis der Psychomotorik, 21, 4, S. 231–233, Dortmund 1996
KIPHARD, E. J.: Motopädagogik, Band 1. verlag modernes lernen, Dortmund 1987
KIPHARD, E. J.: Ungewöhnliche Bewegungserlebnisse als Nervenkitzel und Abenteuer. In: Praxis der Psychomotorik 18, 1, S. 10–15, Dortmund 1993
KIPHARD, E. J.: Wie weit ist mein Kind entwickelt. Eine Anleitung zur Entwicklungsüberprüfung. verlag modernes lernen, Dortmund 1975
LANGER, E. J.: Fit im Kopf. Rororo, Hamburg 1993
LANGER, E.J. / RODIN, J.: The Effects of Enhaced Personal Responsibility for the Aged: A Field Experiment in an Institutional Setting. Journal of Personality an Social Psychology 34, 1976
MAHLER, M. S./PINE, F./BERGMANN, A.: Die psychische Geburt des Menschen. Symbiose und Individuation. Fischer, Frankfurt 1990
MIEDZINSKI, K.: Die Bewegungsbaustelle. verlag modernes lernen, 7. erw. Auflage, Dortmund 1996
MILZ, H.: Der wiederentdeckte Körper. Vom schöpferischen Umgang mit sich selbst. dtv, München 1994
OERTER, R./MONTADA, L. (Hrsg): Entwicklungspsychologie. 3.vollst. überarb. Auflage, Psychologie Verlags Union, Weinheim 1995
PHILIPPI-EISENBURGER, M.: Praxis der Bewegungsarbeit mit Älteren. Reihe Motorik, Band 11, Hofmann, Schorndorf 1991
PHILIPPI-EISENBURGER, M.: Bewegungsarbeit mit älteren und alten Menschen. Reihe Motorik, Bd. 10, Hofmann, Schorndorf, 1990
PIKLER, E.: Laßt mir Zeit. Die selbständige Bewegungsentwicklung des Kindes bis zum freien Gehen. Pflaum-Verlag, München 1988
SCHEID, V./PROHL, R: Kinder wollen sich bewegen. verlag modernes lernen, Dortmund 1988
SCHICK, E.: Zur Bewegungserziehung in der Familie. Hofmann, Schorndorf 1981
SCHILLING, F.: Zur Situation von Psychomotorik-, Motopädagogik- und Mototherapie. In: Der Kinderarzt 17, S. 726–734, 1986
SCHINDLER, S.: Orientierung im ersten Lebensraum. In: Behinderte 3/95, S. 11
TANNEN, D.: Du kannst mich einfach nicht verstehen. Warum Männer und Frauen aneinander vorbeireden. Ernst Kabel Verlag, München 1993
TUCZEK, K.: Praxistip: Motopädagogik und Schuhebinden. Ein Modell für Elternabende und Weiterbildung. In: Motorik 4, 126–127, Hofmann, Schorndorf 1994
ZIMMER R.: Schafft die Stühle ab! Herder, Freiburg 1993
ZIMMER, R./VOLKAMER, M.: MOT 4-6. Motoriktest für 4- bis 6-jährige Kinder. Beltz Test Gesellschaft, Weinheim 1984
ZIMMER, R.: Handbuch der Bewegungserziehung. Herder, Freiburg 1993

Zeitschriften:

Basic and applied social psychology 1995, Vol. 16, No. 3
Behinderte in Familie, Schule und Gesellschaft. Graz
Intra. Psychologie und Gesellschaft. Nr. 24, Verlag Matzner & Looser, Bern 1995
Motorik. Zeitschrift für Motopädagogik und Mototherapie. Schorndorf
Psychomotorik. Zeitschrift für Bewegungserziehung. Dortmund

Zu den Autorinnen und Autoren

Lieselotte Brandstetter, geb. 1959, wohnhaft in Wien, verheiratet, seit März 1997 Mutter eines Sohnes. Sonderschullehrerin mit wechselnden Aufgaben im Rahmen des Stadtschulrates für Wien; Lehrerin an der Allgemeinen Sonderschule, Stützlehrerin an Volksschulen, Hausunterricht bei einem Kind mit spastischer Tetraparese, Mitarbeiterin der Integrationsbetreuungsstelle des SSR für Wien, Intensivlehrerin an der Sonderschule für geistig behinderte Kinder, Heilstättenlehrerin im neurologischen Krankenhaus der Stadt Wien, Rosenhügel. Seit 1986 Lehramtszeugnis für Volksschulen, 1992 Ausbildung zur Förderlehrerin, 1993 Zusatzqualifikation Motopädagogik und 1995 Abschluss des Studiums der (Sonder- und Heil-) Pädagogik.

Wiltraud Hofmeister, geb. 1941, wohnhaft in Wien, Mutter zweier erwachsener Töchter. Künstlerische Ausbildung in den Bereichen Bildhauerei und Textilkunst in Wien und Essen (D). Lange Jahre der freiberuflichen Tätigkeit in der Erwachsenenbildung; zur Zeit Animatorin und Psychomotorikerin im Kuratorium Wiener Pensionistenhäuser, Haus Hetzendorf, mit dem Arbeitschwerpunkt Psychomotorik.

Veronika Pinter-Theiss, geb. 1969, wohnhaft in Graz, verheiratet. Studium der Sportwissenschaften in Graz und der Motologie in Marburg/Lahn (D). Zur Zeit als freiberufliche Psychomotorikerin tätig mit den Arbeitsschwerpunkten Förderung von bewegungs- und verhaltensauffälligen Menschen, Lehrtätigkeit an Schulen, Pädagogischen Akademien, der Akademie für den Physiotherapeutischen Dienst am AKH Wien, in Weiterbildungseinrichtungen, und Vertretung Österreichs im Europäischen Forum für Psychomotorik.

Thomas Schätz, geb. 1965, wohnhaft in Wien, Vater einer Tochter. Kunststofftechniker, Kindergartenpädagoge, mit Leidenschaft für Fadenspiele; zur Zeit Student des Studienganges Psychomotorik und Motopädagogik der Landesakademie Niederösterreich.

Vera Stehno, geb. 1947, wohnhaft in Wien, verheiratet, Mutter von Martin, Ulli und Benedikt. 1968 Lehramtsprüfung für Volksschulen; 1970 Lehramtsprüfung für die Allgemeine Sonderschule; seit 1987 durch eine schwere Erkrankung um die Erfahrung reicher, wie es ist, wenn Bewegungs- und Sprachmuster „im Kopf" richtig gedacht sind, aber dann nicht adäquat umgesetzt werden können; seit 1988 Stützlehrerin an Volksschulen im 2. Wiener Gemeindebezirk; seit 1993 Obfrau des Aktionskreis Motopädagogik Österreich.

Ria Steinbichler, geb. 1956, wohnhaft in Koblach/Vorarlberg, verheiratet, Mutter von drei Töchtern. Turn- und Schwimmlehrerin an einer Berufsvorschule für Sonderschulabgängerinnen, seit der Zusatzqualifikation Motopädagogik in den Jahren 1988/89 mit dem Schwerpunkt Motopädagogik.

Christian Theiss, geb. 1965, wohnhaft in Graz, verheiratet. Studium der Psychologie in Graz und Genf (Schweiz); 1992 Ausbildung zum Spielpädagogen; 1995 Zusatzqualifikation Motopädagogik. Zur Zeit Koordinator der Steirischen Plattform für eine kinderfreundliche Gesellschaft, Konzeptionierung des Vereins „Kinderbüro Graz" und freiberuflicher Bildungs- und Organisationsberater.

Martha Trattner, geb. 1958, wohnhaft in Wien, Mutter von Daniel und Tina. Seit 1976 Sonderschullehrerin in Wien; 1994/95 Zusatzqualifikation Motopädagogik; derzeit als Integrationslehrerin in einer Volksschule tätig.

Doris Voss-Gruber, geb. 1963, wohnhaft in Wien, verheiratet, Mutter von Paul und Max. Ausbildung zur Volksschullehrerin bis 1983, anschließend tätig als Begleitlehrerin, als Förderlehrerin, und im Teamteaching; 1994/95 Zusatzqualifikation Motopädagogik; zur Zeit Klassenlehrerin in einer Integrationsklasse und in Ausbildung zur Sonderschullehrerin und zur Sprachheillehrerin.

Hannes Wendy, geb. 1961, wohnhaft in Wien. 1990 Lehramtsprüfung für Volksschulen; 1991 Lehrgang zur Integration Hörbehinderter (Schwerhörigen-Pädagogik); 1992 Montessori-Diplom; 1993 Zusatzqualifikation Motopädagogik; seit 1991 Lehrer an der Wiener Schwerhörigenschule; seit Februar 1994 Leiter eines psychomotorischen Förderkurses für Kinder; zur Zeit Student des Studienganges Psychomotorik und Motopädagogik der Landesakademie Niederösterreich.

Notburga Zeitlinger, geb. 1949, wohnhaft in Kematen/OÖ, Mutter von vier Kindern. Seit 1970 in den Kindergärten der Stadt Linz sowie an der magistratsinternen logopädischen Beratungsstelle tätig; freiberufliche Logopädin nach den Grundprinzipien der Motopädagogik; Lehrauftrag an der Akademie für den logopädisch-phoniatrisch-audiologischen Dienst im AKH Linz.

Anschrift der AutorInnen:
Aktionskreis Motopädagogik Österreich
A-1180 Wien
Geymüllergasse 4–6/5